JN140288

レオン・ランカスター
絶対調教のスキルを持つ
落ちこぼれ魔剣士。

エステル・エルミジット
エルミジット公爵家の令嬢。
学院の天才少女でツンデレ。
ルナ・ランカスター
ランカスター公爵家の次女。
レオンが大好き。

Index

vol.1

落ちこぼれ魔剣士の調教無双 1

～クラスメイトの貴族令嬢たちを堕として、学院最強の英雄へと成り上がる～

軽井広

BRAVENOVEL
ブレイブ文庫

第一章　クラスの美少女を風呂場で辱めて、性奴隷に堕とすまで

学生寮の大浴場で、金髪碧眼の美少女がシャワーを浴びていた。

風呂場なので、当然、全裸だ。

まだ10代半ばぐらいの未成熟の身体なのに、すらりとした肢体は胸もお尻も大きく、艶めかしい。

美しいブロンドの髪が胸元にかかっているのが扇情的だ。その姿はまるで女神のようで、たとえ同性であっても見とれていただろう。

問題は――その場で彼女を見ていたのは少年だったこと。

風呂場で美少女と鉢合わせした彼――レオン・ランカスターは腰を抜かすほど驚いた。

（い、今は男子の使用時間のはずなのに……！）

どうして女子がいるのか。休日の夕方四時という誰も使っていなそうな時間を狙ってきたのだが、一人だけ先客がいて、それが異性。

しかも、相手はクラスメイトだ。この四月に同級生になったばかりで、一度も話したことはないが、名前は知っている。

エステル・エルミジット。その美貌と優秀さから「聖女」とも呼ばれる超優等生。真面目な性格で人望も厚い。

そんな相手の裸を見たなんて知られたら、まずいことになる。

レオンはこっそり逃げ出そうと思ったが、それより早くエステルがレオンに気づいた。

エステルは青い目を大きく見開くと「きゃあああっ」と悲鳴を上げた。

慌ててレオンはエステルに近づくと、右手でその口をふさいだ。

「さ、叫んでも誰も来ないから！」

錯乱してレオンは口走る。他意はなくて、ともかく落ち着いてほしかったのだ。だが、「助けは来ない、ぐへへ」というふうにエステルには聞こえたらしい。

エステルは全力でじたばたと抵抗する。その拍子に大きな胸が揺れた。

胸の桜色の突起を見てしまい、レオンはどきりとする。しかも、暴れるエステルを壁際に押さえつけようとして、左手でその胸を偶然触ってしまった。

ボリュームのある柔らかい質感に、レオンはくらりとする。

「んんっ――――！」

エステルは口をふさがれたまま、くぐもったあえぎ声を上げる。その青い目からは涙がこぼれていた。

これでは本格的にレオンが悪人だ。

「ご、誤解だ！」

レオンは早口で経緯を説明する。今は男子の使う時間であるはずだということ。そして、エステルに危害を加えるつもりはないこと。

レオンに押さえつけられていたエステルも、こくこくとうなずく。

やがてエステルが落ち着いたのを見て、レオンは彼女の口から手を放した。

エステルはほっとした表情を浮かべ、それからレオンを睨みつけた。

「クラスメイトのランカスターくん……よね？」

「そうだよ。時間を間違えていたのは俺じゃないけど、とはいえ驚かせてごめん」

「本当よ！　いきなり人の口をふさいで、胸も触って――」

そこまで言ってから、エステルは固まった。彼女の視線はレオンの下半身に向けられている。

レオンはエステルの裸を見て、事故とはいえ胸を触り、さっきまでエステルと密着していて
――そうすれば健全な男子としては興奮しないこともないわけで。

エステルはレオンの大きくなったものを見て、「いやあああああっ！」と叫んだ。

「こ、このことは寮長に報告するわ！　ただじゃすませないんだから！」

エステルは風呂場から走って出ていこうとした。このままだと寮長に報告される。寮長はレオンと親しい先輩だが、とはいえ犯罪者扱いされるかもしれない。

（そしたら退学だ……！）

慌てたレオンはエステルを追いかけ、引き止めようとした。だが、慌てたせいで、背後からエステルを羽交い締めにしようとして失敗し――。

その両胸を後ろから鷲掴みにしてしまった。

「あっ、ひゃうっ！　やだああっ」

エステルが悲鳴を上げた。

「落ち着いて！　何もしないから……！」

「あっ、あうっ」

荒い息遣いでエステルはあえぐ。エステルが逃げ出そうとするので、レオンの手にも自然と力が入り、胸を揉むような形になっていた。

しかも――。

「ひっ、な、なにか硬いものがお尻に当たってる……！」

背後から密着しているので、レオンのものがエステルの尻に当たっていた。

エステルはますます激しく抵抗し、レオンは暴れるエステルの胸を押さえるのに必死だった。

「わ、わたし初めてなのに、レイプされるなんて嫌！」

「しないよ!?」

「嘘つき！『口封じだ、ゲヘヘ』って言ってひどいことするつもりなんでしょ!?　あっ、ひゃうっ」

肌を朱色に染めたエステルは、胸を揉まれ甘い悲鳴を上げる。

（ど、どうすればいいんだろう……!?）

ますます状況は悪くなっている。エステルを説得する方法は思いつかないし、このままではレオンは婦女暴行犯扱いされる。

ところが、すぐに悩む必要はなくなった。

「何しているの……？　あなたたち？」

きれいな声で呆れるように言ったのは、風呂場には場違いなブレザーの制服を着た茶髪の女子生徒だった。

彼女は高等部二年生の先輩で、そしてこの寮・金獅子(きんじし)寮の寮長だ。

†

１８７８年。大陸北西の海に浮かぶ島国・アルビオン帝国。

帝国は、各地に鉄道を巡らせ、東方に無数の植民地を有し、世界中の富を集める列強国の一つとなっていた。

その帝国には、帝国防衛学院と呼ばれる特殊な学校が七つある。

そこでは貴族の次男以下の子息や令嬢が「魔法」を学んでいた。

魔剣士(ガーディアン)、すなわち魔法を用い、帝国を陰から防衛する存在を養成することが学院の目的だ。

魔剣士は、魔法剣と呼ばれる特殊な武器を操り、各自が強力な〈スキル〉を持っていた。

学院の卒業生は、帝国内務省保安局あるいは戦争省秘密情報局に所属する魔剣士(ガーディアン)となる。そして、敵対国・テロリスト・反帝政派から国家と皇帝を守る義務を負う。

レオンもアレスフォード帝国防衛学院に所属する魔剣士見習いだった。学院は全寮制で、八つの寮は学生の自治が敷かれている。

その金獅子寮。寮自治会室にレオンは呼び出されていた。いるのは寮長とレオンの二人だけ。先輩女子の寮長は、奥の豪華な席に座り、ジト目でレオンを見る。

「つまり、レオン君は、風呂場でクラスメイトの聖女様にばったり遭遇し、その口をふさいで胸を揉みしだき、自分の熱くて硬いものを押し付けた、と」

「人聞きの悪い言い方をしないでください！」

レオンの抗議に、寮長は肩をすくめた。

「だって、事実だもんね」

寮長はため息を吐き、そして机に頬杖をついた。白と青を基調としたブレザーの制服がよく似合う。可愛い雰囲気の少女だ。ショートカットの茶色の髪が、活発な性格によく似合っている。

寮長とは学院入学前からの知り合いなので、気安い仲だった。少しいたずら好きすぎるところが玉に瑕だが、基本的にはフランクで親切な先輩だ。

「自覚ある～？　レオン君はさ、ただでさえ落ちこぼれなんだから。問題起こしたら一発で退学だよ～」

「落ちこぼれじゃなかったら問題起こしても退学にならないんですか……？」

「そりゃそうでしょ。あたしみたいな優等生だったら、情状酌量で罪が軽くなるから～」

「自分で言いますかね、それ？」

「冗談はさておき、それこそエステル・エルミジットさんみたいな公爵家の娘だったら、特別待遇はありえるけどね。君は一代限りの騎士爵の息子で、貴族でもないし」

痛いところを突かれて、レオンは顔をしかめた。このアレスフォード帝国防衛学院に通うのは、貴族の子弟がほとんどだ。

そういうわけで、レオンは非常に肩身が狭い。この仲の良い寮長などごくわずかな例外を除けば、誰も彼もレオンを軽んじている。

その上、持っているスキルが最悪なのだから――。

レオンは暗い考えを頭から追い払った。それより、今は自分の待遇の方が大事だ。

「それで、俺の処分はどうなるんでしょう？」

「まあ、エステルさんと君が鉢合わせしたのは、彼女が大浴場の男女使用時間を勘違いしていたせいだから。レオン君のせいじゃないわけね」

寮長はたまたま大浴場前を通りかかったようで、エステルの悲鳴を聞いて風呂場に入ってきたらしい。それで、仲裁してくれたわけだ。

正しかったのはあくまでレオンで、時間を間違えたのはエステル。その意味ではエステルに非がある。

「なら、俺は無罪放免……？」

「それはエステルちゃん次第かな」

ノックの音とともに、エステル・エルミジットが部屋に入ってきた。彼女もまた、白と青のブレザーの服を着ている。

ついさっき見た裸が脳裏をよぎり、目の前のエステルと重なる。制服の上からでも、エステルのスタイルの良さは一目で見て取れた。

エステルはレオンを見ると、露骨に嫌そうな顔をした。

「どうしてこの犯罪者も部屋にいるんですか、寮長」

「二人の言い分を聞いて、処分を決めるためだよ」

寮長はにこっと笑う。

この学院は学生の自治が徹底されている。軽微な不祥事なら、学生で構成される寮自治会が処分を下せるのだ。

その最高権力者が、この軽いノリの寮長だった。

寮長は目でレオンに発言をうながす。

「俺は犯罪者じゃないよ」

レオンが控えめに言うと、エステルは不満げな表情を浮かべた。

「わたしの胸を揉みしだいておいて、よくそんなことを言えたものね!?」

「悪いとは思っているけど、あれは事故なんだよ。第一、時間を間違えたのはエルミジットさんの方だろう?」

「だからって、居合わせた女の子を手籠めにしようとするなんて、許されるわけないでしょう!?」

「そんなつもりなかったよ」

「嘘つき！　あなたのあの汚らわしいスキルを使うつもりだったんでしょう」

エステルが蔑むような目でレオンを見る。

レオンは肩をすくめた。

魔剣士にはそれぞれ固有のスキルがある。たとえば、怪我を一瞬で癒やす〈回復〉、炎の壁を生み出す〈炎守〉……といったスキルだ。

ところが、レオンのスキルは特殊だった。

寮長が腕を組む。

「エステルさんの言っているのは、レオン君のスキル〈絶対調教〉のことだね。でも、スキルは魔剣士に神から与えられたギフト。他人のスキルを悪く言っちゃいけないよ」

「そ、それはそうですが……でも、女の子を調教して、無理やり言うことを聞かせるスキルなんて、とんでもないスキルですよ！」

エステルが憤慨したように顔を赤くする。

そう。レオンのスキル〈絶対調教〉は、まさに外道のスキルだった。絶対調教スキルは、使用対象の女性を「性奴隷」化して相手を言いなりにする。そして、その女性から魔力を奪い、自身の能力を底上げする。

だから、レオンの望むと望まざるとにかかわらず、彼は皆から蔑まれていた。邪悪なスキルを持つ無能。金獅子寮の落ちこぼれ、と。

「俺は一度も絶対調教のスキルを使ったことはないよ」

「え？　そうなの？」

レオンの言葉に、エステルが意外そうに目を見開く。

エステルの視線を受けて、寮長もうなずいた。

「レオン君は紳士的なんだよ～。ま、だからこそ落ちこぼれなんだけどね」

絶対調教などというスキルを使うわけには、もちろんいかない。そんなことを許してくれる女性の相手なんていないし、レオン自身も女性を無理やり性奴隷にするという自分のスキルは嫌いだった。

だが、スキルを封じられた魔剣士は、評価されない。スキルを用いて、帝国を守る強い魔剣士になることこそが、学院では望まれるからだ。

エステルは複雑そうな表情を浮かべたが、すぐに首を横に振った。

「だとしても、わたしはそんなスキルを認めないし……それに、わたしにしたハレンチなことを絶対に許すつもりはないわ。わたしにあんな、き、汚いものを押し付けて……」

エステルは風呂場でレオンと密着したときのことを思い出したのか、顔を真っ赤にした。

「それは本当に悪かったよ。ごめん。ただ、あれは俺も慌てていて必死で……許してくれないかな」

「嫌」

エステルは取り付く島もなかった。

（まあ、俺のやったことを思えば、謝罪を受け入れてくれないのも当然か……）

レオンが意図したものではないとはいえ、エステルとしてみれば、胸をまさぐられ、あそこを当てられ、口をふさがれて襲われる恐怖に怯えたわけなのだから。

とはいえ、このままでは困る。エステルはびしっとレオンを指差す。

「たとえスキルを使うつもりはなくても、頭の中はエロいことで一杯だったんでしょ!?」

「そんなことないよ」

「嘘。だ、だって……あ、あなたのあれが大きくなっていたし……」

エステルは恥ずかしそうに言う。寮長がにやにやと笑う。

「レオン君の『あれ』ってなに？」

「そ、それは、言わなくてもわかるでしょう!?」

「ちゃんと言ってくれないと、お姉さんわかんないな～」

寮長は基本的にはレオンの味方のようで、エステルをからかっていた。

エステルはううっと涙目になり、顔を真っ赤にする。

「お、お○んちんが大きくなっていたんです！　だから、この人は犯罪者！　退学処分にしてください、寮長！」

「それはあたしの権限ではさすがに無理だよ～。それに、今回の件はエステルちゃんにも原因があるし」

「ですが……こんな人と一緒に、同じクラスで授業を受けるなんて……これからもずっとトラウマが呼び起こされそうで……」

エステルはうつむく。怖い思いをさせたのは、本当に申し訳ないと思う。

だが、レオンも退学になるわけにはいかない。たとえ落ちこぼれと言われても、レオンは目的があってこの学院に入学した。

寮長はふむとつぶやくと、ぽんと手を打った。

「それならさ、いい方法があるよ。二人で魔剣士として決闘をすればいいんだよ」

「え？」

「負けた方が勝った方の言うことを何でも聞くってわけ」

この学院では実戦重視。その一環として、生徒同士の決闘が認められている。

それを使って、決着をつけろということらしい。

エステルは反対かと思いきや、乗り気だった。

「なら、そうしましょう。わたしが勝ったら、ランカスターくんは退学ってことね」

「でも、俺が勝ったら、エルミジットさんは俺の言うことを聞かないといけないけど……」

「あなたが勝てるわけないでしょう？　わたしは入学してすぐに学院序列22位になったのよ。反対にあなたはまともなスキルも使えない落ちこぼれ。わたしが勝つに決まってる」

エステルは不敵な笑みを浮かべた。こういう表情も可愛く見えるのだから、美少女はずるいと思う。

レオンはうなずいた。

「わかった。その条件でいいよ。エルミジットさんが勝ったら、俺は退学。俺が勝ったら、こっちの命令を聞いてもらう」

「ええ。受けて立つわ」

勝負は明日の正午からと決まった。エステルは上機嫌に部屋から出ていく。

そして、残されたレオンは肩をすくめ、寮長を見る。

「とんでもない提案をしてくれましたね、寮長」

「あれ？　レオン君は困らないでしょう？　だって、レオン君はエステルちゃんに勝つつもりなんだから」

「まあ、そうですね。俺は彼女に負けませんよ」

レオンはあっさりとそう言った。寮長はふふっと笑う。

「あたしとしてはレオン君にぜひスキルを使ってもらって、うちの寮の戦力になってほしいんだよね。寮対抗戦も近いしさ」

「それはつまり……俺が勝ったら、エルミジットさんに絶対調教を使え、ということですか？」

「エステルちゃんは、『負けたら何でも言うことを聞く』って約束しちゃったから。絶対調教の命令を受け入れないといけないよ」

「でも……」

「君の目的にも、一歩近づくでしょ？」

レオンは天を仰いだ。寮長の言うとおり、状況が許すならスキルは使った方がいい。レオンが強くなり、真の目的を果たすために。

ただ、クラスメイトの女子を性奴隷にする、それはとんでもないことに思えた。

まさかエステルは自分がレオンの性奴隷になり、惨めにレオンの慈悲を乞う存在になるとは思っていないだろう。

だが――寮長の言うとおり、落ちこぼれのレオンは、クラスの聖女・序列22位のエステルに勝つ自信があった。

「興奮しない？　レオン君。あの高飛車で真面目な聖女様が、君の前にひざまずくんだから」

寮長はいたずらっぽく笑った。そして、寮長の言葉は、レオンが勝利すれば現実のものになるのだった。

†

アレスフォードの学院には、魔剣士たる生徒同士の決闘のために、いくつか決闘場が存在している。

それなりの広さで、しかも周りには観客席まである。

帝国を防衛するという目的のために、実戦経験を積む。そして、周りの生徒もその戦闘を観察する。

この二つによって、魔剣士としての能力向上が行われるため、決闘は認められていた。

そして、その決闘場の一つに、レオンとエステルはいた。

かたや邪悪なスキルを持つ落ちこぼれ。かたや入学早々に学園序列上位となった秀才。

観客の誰もがエステルの勝利を確信していた。エステルは派手な見た目の美少女なので、なおのこと皆はエステルを応援している。

（さて、どうしたものかな……）

これで勝てば、レオンの周りは騒々しくなるだろう。

なにせ相手は新入生では最強を謳われる聖女なのだから。そのうえ、レオンが勝てば、エステルを絶対調教スキルの対象にもできる。

実際にエステルを性奴隷にするかはともかく、レオンが注目されることは間違いないだろう。

いつまでも落ちこぼれのままのわけにもいかない。

レオンの真の目的のために。

制服姿で決闘場に入り、レオンは魔剣を抜き放った。

魔剣士、という名前のとおり、この帝国では魔法は剣を用いて使用される。

かつては木製の杖を使って、魔法は詠唱されていた。

それが変わったのはここ100年のこと。科学技術の進歩と産業革命の発生、そして世界の一体化は、魔法の世界にも影響を与えた。

植民地の東洋で産出される特殊な金属ラピス。このラピスを鍛えて作ったのが魔剣だ。従来の木製の杖より、遥かに魔力を効率よく扱える。

もちろん、エステルが使うのも魔剣だ。

エステルも制服姿でさっそうと会場に現れる。短めのスカートが軽く揺れ、金色の髪をふわりと手でかき上げる。

エステルの登場で、会場にはわっと歓声が上がる。観客席は満員だった。

入学早々にして、エステルは学園のスターなのだ。実力もあるし、学校で一二を争うほど美しい。

人気にならない方がおかしいとも言える。

レオンはまったくの無名。かろうじて知っている人間は、その〈絶対調教〉のスキルのせいで、レオンを嫌悪している。

エステルはすらりとした魔剣を抜き放つ。さすが公爵令嬢。由来ありそうな高級品の魔剣を使っている。刀身が赤く美しく輝く。

その切っ先を、エステルはレオンに向けた。

「こないだの屈辱……晴らしてあげる」

「屈辱って、大浴場でのこと？」

「当たり前でしょう!?」

「あのときは、なすすべもなく俺に押さえつけられていたものね」

「あ、あれは不意打ちだったし！　それに魔剣がなかったからよ！　魔剣さえあればあなたに負けたりなんかしないんだから！」

「素手では男の俺に勝てないってことだよね？」

「っ……！」

エステルが悔しそうに顔を歪ませる。レオンはあえてエステルを挑発していた。冷静さを失わせるためだ。

レオンは微笑む。

「悪かったけれど、あのぐらいで済んでよかったと思った方がいいよ。柄の悪い男子生徒たちが入ってきていたら、最後までされていたかもしれない」

「よくそんなデリカシーのないことを言えたものね！　あなただって寮長が来なかったらわたしをレイプしていたくせに」

「それはないよ。もしそうだったら……」

今頃、レオンは絶対調教のスキルを好き放題使っていただろう。

抵抗する少女をたくさん犯し、スキルを使って言うことを聞かせていたはずだ。スキルのせいで、その子は反抗することもできないし、レオンは罪に問われない。

そもそも、レオンも貴族ではないとはいえ、上流階級の生まれだ。スキルがなくとも、使用人の女性なり、下層民の女性なりを力尽くで自分のものにしても、大きな問題にならない。

だが、レオンは一度もそんなことはしなかった。それが行方不明の姉との約束だからだ。スキルは人のために使うもの。美しく、強く、そして正義感の強い姉はいつもそう言っていた。

とはいえ、エステルはそんなレオンの事情なんて知らないし、何度説明しても信じないだろう。

エステルの瞳は怒りに燃えていた。

「絶対に許さない。勝って退学させてあげる」

「もちろん、俺が負けたら条件どおり退学するよ。けど、俺が勝ったら、君は俺の命令を聞く。約束は忘れないでほしいな」

「ええ。もちろんよ。負けたら性奴隷にでもなんでもなってあげる。もちろん、わたしが負ける、なんてことがあれば、ね」

エステルは不敵に笑った。

自らの勝利を確信しているのだろう。

この戦い、エステルにとっては、大きなメリットはない。

勝ったところでレオンを追放できるだけで、落ちこぼれ相手に勝っても名声にもつながらない。

逆に、万一負ければレオンの命令を聞かされる。その命令は、おそらくレオンのスキルの対象とさせられ、性奴隷になることだ。

エステル自身が言っていたとおり、想像すればわかることだ。

ただ、エステルは負けるつもりはまったくなさそうだ。確実に勝てると踏んでいるから。

新入生最強と呼ばれるくらいなのだから、当然かもしれない。

（けれど、俺は勝つつもりだ）

そして、レオンの〈絶対調教〉を使われれば、エステルは性奴隷となる。

裸のエステルが四つん這いでレオンの足元にひざまずき、涙目でレオンを上目遣いに見るところを想像してしまう。

「ご、ご主人さま……」

エステルは、その大きな胸を揺らしながら、レオンの足をぺろぺろと舐める。そして、されるがままにレオンに身体を差し出す。

そういう未来がエステルには待っている。

レオンは邪念を頭の中から振り払った。

実際、勝ったときにどうするかはまだ決めていない。絶対調教が邪悪なスキルなのは確かだ。

その反面、寮長の言うとおり、レオン自身が強くなるためには使った方がよい。

そして、これはエステルも合意の上のことだ。他の女の子に使うのと違って、レオンは負い目を感じる必要はない。

（まあ、勝ったときに決めればいいことか）

レオンは魔剣を、エステルの剣の切っ先に合わせる。

そして、深呼吸した。

決闘は始まった。試合は服の下に、魔装と呼ばれる魔力のオーラをまとって行われる。

たとえ魔法や剣が当たっても、それに守られている限り死んだりはしない。そういう意味で魔法も剣も性能を制約されている。

ただし、直撃すればとても痛いし、しばらくは再起不能だ。

怪我をする可能性もある。

だが、エステルの剣はそんなことをまったく恐れてもいないようだった。

果敢にこちらに斬り込んでくる。剣の筋もきれいだ。

レオンたち魔剣士は、名前のとおり魔法と剣の両方を使える必要がある。魔剣は魔法を使う道具であるのと同時に、本来の剣としての役割も果たすのだ。

いわゆる魔力――各自に備わっている魔法の源には、一定の限度がある。一日に使える魔法の量は限られているのだ。

だからこそ、剣技を疎かにすることはできない。魔剣士一人で、複数の敵と戦うこともある。そうなったとき頼りにできるのは、剣なのだ。

エステルの剣技に感嘆しながら、レオンは受けに徹する。レオンの魔剣が、エステルの剣筋を受け止めるが、押されがちだ。

エステルは愉快そうだった。

「どうしたの？　もう怖気づいた？」

「いや。序列22位、新入生最強もこんな程度かと思ってね」

「っ……！」

こんな安い挑発に、エステルは顔を赤くした。実際にはエステルの能力は高いとは思う。

だが、精神の安定という意味では、決して優れてはいないかもしれない。

エステルの剣がわずかにぶれる。その隙をレオンは突いた。初めてエステルが押される側になる。

魔剣同士が交わり、火花を散らした。

くっ、とエステルがうめく。レオンの斬撃が予想外に重かったからだろう。

「やるじゃない……！」

「お褒めにあずかり光栄だね」

「でも、わたしの方が強いわ！」

エステルがまっすぐに前へと踏み込む。一気に決着をつけるつもりなのだろう。

だが、レオンはエステルの剣を見切っていた。右に小さくかわすと、そのまま返す刀でエステルの胴を斬る。

レオンの速度に、エステルは完全についてこれていなかった。

エステルの青い目が驚きに見開かれる。

勝負は決まったはずだった。

だが――。

透明な壁が光り、レオンの剣は阻まれる。

エステルはほっとしたように息をついた。そして、笑みを浮かべる。

「剣技でわたしを追い詰めたのは褒めてあげる。見直したわ。でもね、わたしにはスキルがあるの」

エステルの身を守った透明な壁。あれがスキルなのだろう。

今まで、エステルが入学以後に戦った相手は、すべてエステルがスキルを使う前に敗れている。

レオンは微笑んだ。

「光栄だ。聖女様の本気を見られるわけだ」

「ええ。あなたの剣技に敬意を表して……全力で倒してあげる」

エステルの魔剣が光り輝いた。

決闘は第二の段階へと入ろうとしていた。

今度はふたたび、レオンが防戦一方になる。仮に剣が届いても、エステルにダメージを与えることはできないのだから、当然だ。

エステルの鋭い剣撃をレオンは受け止めるだけになる。

「残念ね。これじゃ、わたしの圧勝よね」

「どうかな。それはやってみないとわからないよ」

「そんな生意気な口もすぐに利けなくなるわ」

エステルは止めを刺そうと、レオンの胴を狙って剣を繰り出す。レオンはそれを弾き返し、エステルに剣を届かせた。

やはりエステルは透明な壁に守られた。

ふふっとエステルは笑う。

「これがわたしのスキル〈白透の防御〉。このスキルを使えば、大抵の魔剣は防げるわ。もっとも、威力の高い魔法スキルがあれば別だけど――」

レオンのスキル〈絶対調教〉は、直接攻撃を行うようなものではない。

だから、エステルの壁は破れない。

それでも、レオンは剣撃を繰り出す。

エステルは憐憫の目でレオンを見た。

「無駄なのに。使えないスキルしか持っていないって、哀れね」

エステルは防御壁で次々とレオンの攻撃を防ぐ。

レオンに勝機はない。観客たちもそう思ったようだった。「やっちまえ、聖女様！」「あんな変態スキルの持ち主、こてんぱんに倒してよ！」男女の声が観客席から響く。

けれど、レオンは気づいていた。エステルの防御壁〈白透の防御〉は無敵ではない。レオンが剣を繰り出すたびに、エステルは防御壁を発動させている。つまり一回の発動で、一回の攻撃しか防げないということだ。

それなら、レオンにも攻略方法が残されている。

レオンは剣の速度を徐々に上げた。最初は余裕の表情でこなしていたエステルも、しだいに焦った表情を浮かべる。

なぜならレオンの攻撃の速度は常識外に速かったからだ。

「な、なんなのよ、あなた!?」

「ただの落ちこぼれ魔剣士だよ」

レオンは狙いすまして、鋭い剣撃を放った。

エステルのスキルの発動が間に合わず、その右腕に直撃する。

「きゃあああぁ！」

エステルは甲高い悲鳴を上げて、剣を落とした。観客もしーんと静まり返る。

そして、エステルは怯えたようにレオンを見つめる。

「な、なんで……スキルも使わずにその速度で剣を扱えるの？」

「俺は使えないスキルしか持っていない。だから、剣技のみで魔剣士として戦えるように努力したんだよ」

「そ、そんな無茶苦茶よ……！」

「現に今、俺は新入生最強の聖女様に勝てそうなわけだけどね」

「わ、わたしはまだ負けてない！」

「すぐに負けるよ。負けたら、性奴隷になってくれるんだよね？」

レオンはあえて真顔でそう問いかける。

エステルは「ひっ」と声を上げ、泣きそうになった。

形勢は完全に逆転した。

†

公爵令嬢エステル・エルミジットにとって、魔剣士として活躍することは自分の唯一の存在意義だった。

エルミジット公爵という名門の娘とはいえ、エステルは私生児、つまり愛人の娘だったのだ。そして、幼い頃のエステルには何もなかった。

エステルの母は、公爵家屋敷のメイドで、可憐な10代前半の少女だった。その彼女を、公爵は押し倒して、何度も凌辱し、妾にした。そして、エステルを孕ませたのだ。

エステルと若い母は、屋敷では正妻やその娘たちから虐げられていた。使用人たちも、公爵に取り入った売女の娘として、エステルのことを嫌悪した。

逆に公爵家の外部の大人たちはエステルにも媚びへつらった。内心では馬鹿にしていても、公爵家の娘には利用価値がある。

そんなくだらない人間たちが、エステルは大嫌いだった。

そのままだったら、エステルはどこか下級貴族の妻か、あるいは皇帝の慰み者として献上されるかして、処分されていただろう。

ところが、エステルには魔剣士としての才能があった。

豊富な魔力、強力なスキル、そして剣技のセンス。

とある魔剣士の女性との出会いで、エステルはこれらの才能を開花させた。

やがてエステルは魔剣士として将来を期待されるようになり、公爵家でも外の世界でも一目置かれるようになった。

天才なんてもてはやされて、エステルは自分の存在価値を感じられるようになった。

（わたしは英雄になれるんだ……！）

エステルは舞い上がり、そして、期待に胸を膨らませてアレスフォード帝国防衛学院高等部に入学した。

実際、エステルは新入生でも最強で、「聖女」とすら呼ばれた。

そんなエステルにとって、レオン・ランカスターは、落ちこぼれのクラスメイトに過ぎなかった。

しかも、絶対調教という女性を性奴隷にするスキルを持っているから、エステルはレオンを内心で嫌悪していた。

エステルの母も、公爵にレイプされて妊娠したから、エステルにとっては許せないスキルだったのだ。

そして、風呂場でレオンに襲われそうになったことで、その嫌悪感は憎悪へと変わった。

もちろん、エステルが男女の入浴時間を間違えたのが原因だし、レオンはエステルをレイプするつもりはなかったかもしれない。

だが、レオンがエステルに欲情したことは事実だ。

（あ、あんな汚いものも見せられたし……）

レオンの股間が大きくなっていたのを、エステルは見てしまった。

しかも、あれをエステルは尻に押し当てられたのだ。

（ゆ、許せない……！）

そして、エステルはレオンを退学にさせようとし、決闘に乗った。まさかこんなくだらないスキルを持つ相手に、自分が負けるわけないと思ったのだ。

天才、新入生最強、聖女。そう呼ばれてきたエステルはうぬぼれていた。

まさか剣技のみで、自分の上を行く少年がいるなんて思いもしなかった。

レオンの強さはエステルの想像を遥かに超えていた。

エステルは〈白透の防御〉を破られ、追い詰められていた。すでに右手は剣の直撃を受け、使うことができない。

魔装という安全装置で守られているとはいえ、決闘で無傷というわけにもいかない。

（痛い……！）

これまでエステルは無傷ですべての決闘を勝ってきた。だから、自分が切られ、痛みを覚えるのは初めてだ。

こんなに痛いだなんて、エステルは知らなかった。だが、もしこのまま劣勢で、レオンに追い詰められれば、もっと痛い思いをすることになる。

エステルは左手で魔剣を拾い、必死で逃げ出そうとする。だが、レオンはそれを許さない。

レオンの斬撃がエステルを追い、エステルはその防御に失敗した。

「あうっ」

激しい痛みが腹部に走る。そして、エステルはその場に倒れ込んだ。尻もちをついたので、たぶんスカートの中の白い下着が丸見えになっている。大きな胸も揺れ、観客から下卑た野次が飛んだ。

もはや観客たちもレオンの勝勢を疑っていない。エステルはただの見世物となっていた。美少女が惨めな姿をさらすのは、ある種の嗜虐心を煽るのだろう。

けれど、エステルはそんなことを気にしている場合ではない。

敗北という文字が頭の中に浮かぶ。

そうなれば、エステルは決闘の条件に従い、レオンの命令を聞かないといけない。そして、レオンが命じることは一つしかない。

絶対調教のスキルの対象となり、レオンの性奴隷となること。

エステルはすべての栄光を失うことになる。天才魔剣士から、クラスメイトの性奴隷への転落。

きっとエステルはレオンに凌辱の限りを尽くされる。そして、母と同じように望まぬ子を妊娠するのだ。

それはエステルの社会的な死を意味した。

(わたしは……こんなところで終わるわけにはいかないの!)

絶対に、魔剣士として名声を得て、英雄になり、公爵家の連中を見返すのだ。

最後の気力を振り絞り、エステルはレオンの方を振り向くと、左手で魔剣をかざした。

防御だけがエステルのスキルではない。

「〈聖者の光〉！」

エステルの叫びとともに、魔剣からまばゆい光が放たれる。

これこそがエステルの秘技、圧倒的な攻撃力を誇るスキルだ。

今まで決闘で使ったことはない。この秘技で、勝負は決まる。

スキルのないレオンに、なすすべはないはずだ。

ところが、レオンは〈聖者の光〉を受けても、そのまま立っていた。

ただ、魔剣で聖者の光を連続で切り裂き、少しの隙もなくしのいでいる。

そんなことができるなんて、人間ではない。人外の技であるスキルを用いたのに、レオンはただの剣技でそれを防いだのだから。

（そ、そんな……！　このままだと……本当に負けちゃう！）

エステルは祈るように、魔力を〈聖者の光〉に注ぎ込んだ。だが、やがてエステルの魔力は切れ、そして、〈聖者の光〉は発動を終了した。

残ったのは、惨めに座り込む、一人の少女だけだった。レオンがエステルに一歩近づく。

「いやっ、来ないで！」

「君の負けだよ」

「わたしが負けるはずない！」

だが、レオンの魔剣がまっすぐに向けられたとき、エステルにはもはや抵抗する手段は残っていなかった。

レオンに斬られ、直後に激しい痛みが襲うことになるだろう。そして、エステルはすべてを失う。

エステルの下半身にじんわりと温かい感触が広がる。

恐怖のあまり、エステルは失禁したのだ。大勢の観客がいる中で、エステルは大失態を犯してしまった。

だが、エステルはそんなことに気づく余裕すらなかった。

ただ、ひたすら目の前の少年が怖かった。

「許して……もう嫌っ！」

エステルは膝から崩れ落ち、大きな胸を無意識に揺らして、レオンに懇願する。レオンは無表情だったが、やがて微笑む。

「俺の勝ち、でいいかな？」

エステルはこくこくとうなずいた。勝負は決まった。エステルの青い瞳から、大粒の涙がこぼれ落ちる。

自分が破滅したとエステルは知ったのだ。

そして、戦いが終わった安堵と、これからの自分の境遇への絶望が一気に押し寄せ、エステルは気を失った。

こうしてクラスの聖女・天才魔剣士エステルは、レオンの性奴隷へと堕ちた。

観客席がわっと歓声に沸いた。いまやレオンは勝者であり、あの天才エステルを倒した魔剣士となった。

一方、敗者のエステルは、惨めな姿をさらしていた。スカートはめくれ、白い太腿と下着がもろに見えている。

レオンはその姿を見て、少しどきりとした。さっきまで戦っていた相手だが、エステルはとてつもない美少女なのだ。服の上からでも、その大きな胸の膨らみがはっきり見て取れる。そんな美人のエステルが、お漏らしもしてしまっている。百人を超す観客の生徒たちが、エステルの痴態を見てしまったわけだ。

（ちょっと気の毒なことをしたかな……）

ただでさえ、「落ちこぼれ」のレオンに負けて、エステルの名声は地に堕ちただろう。しかも完敗だ。

さらにエステルは負ける間際は惨めに許しを懇願したし、失禁までした。こうなるとはレオンもさすがに予想していなかった。

エステルは命に別状はないし、魔装のおかげで目立った外傷はないが、気を失っているようだ。

誰も助けに近づきはしない。エステルは人気者で人望も厚そうだったが、入学してからまだ1ヶ月ちょっとしか経っていない。あえて彼女を助けるほど深い仲の女子生徒はいないのだろう。

もっとも、このまま放置しておけば、邪な心をもつ男子生徒たちが連れ帰ろうとする可能性がある。もちろん性的ないたずらをするためだ。

魔剣士になろうという貴族の子弟は気風が荒いし、名門の子息であれば特権で不祥事ももみ消せる。

相手が公爵令嬢のエステルでも、手出ししかねない。寮長から聞いたが、エステルは私生児らしいから、公爵家の保護も期待できない。

（それに……このままだと風邪も引きそうだし）

濡れたスカートと下着を脱がしてあげる必要がある。いったんレオンが寮の医務室に運ぶ。もちろん男子のレオンがエステルの身体に触れるわけにはいかないから、そこで寮長に協力してもらおうと考えた。

（まあ、絶対調教のスキルを使うなら、俺の性奴隷になるわけだけど……）

ともかく、レオンとしては退学になるという結果は避けられた。それで十分だ。

絶対調教スキルを使い、エステルを性奴隷にするのは気が進まない。レオン自身、スキルを使いたくないから剣技を極めたのだ。

けれど、レオンがエステルを抱きかかえると、観客席から「うわあー、やっぱりエステルさん、ヤラれちゃうんだ」「性奴隷になるなんて可哀想……」という女子の声が聞こえてくる。

一方、男子の一部では「あんな可愛い子を抱けるなんて、羨ましいな」「おっぱいもめちゃくちゃでかいしな」なんて下卑た会話がかわされている。

ちなみにこの学院では、決闘に負けた女子生徒が凌辱されることはたまにある。

没落貴族の娘が、負けたら貞操を差し出す条件で決闘を戦うのだ。相手はたいてい大貴族の息子で、勝てば大金が手に入る約束だが、負ければ身体を蹂躙されることになる。

負けた相手の恋人や愛人になれるのは運がいい方で、その取り巻きにもレイプされ、望まぬ子を孕まされるケースも少なくない。

噂では平民出身の優秀な先輩女子が決闘に負けて、後輩の男子たち20人に三日三晩弄ばれる羽目になったらしい。

最初は強気に「殺してやる」と甲高い声でわめいていたその彼女も、何度も犯されるうちに「中に出さないで……お願い、赤ちゃんできちゃう」と懇願するようになった。やがて媚薬を投与され調教されるうちに「私のお○んこ、可愛がってください……!」と自分から腰を振るようになり、男性器に奉仕することしか考えられないところまで堕ちたという。

彼女は留年して、今でも男子寮の一つ「黒鷲(くろわし)寮」の一室に監禁され、娼婦の真似事を強いられている……とクラスメイトがにやにやしながら話していた。

もちろん、レオンは理不尽でひどい話だと思っているが、身分差もあるし、決闘の結果である以上、第三者は口を挟めない。

そんな状況だからこそ、レオンがエステルを連れ去ったとき、みんなエステルが犯されると思ったわけだ。

レオンが絶対調教スキルの持ち主だから、なおさら。

とはいえ、レオンにそんな意図はない。金獅子寮の医務室にエステルを連れていくだけだ。

エステルは気を失っているので、いわゆるお姫様抱っこの状態で抱きかかえることになっていた。制服のスカートから伸びる白い脚を直接触るので少しドキドキする。

医務室のベッドの上に、タオルを敷いてエステルを横たえた。

（さて、と……）

寮長を呼んでこないといけない。あの寮長は意外と優秀で、この金獅子寮は他の寮に比べれば遥かに風紀はしっかりしている。

もっとも、その寮長が風紀を乱しかねない発言と行動をしているのも事実だが。

レオンが呼びに行くより早く、どこから聞きつけたのか、寮長が現れた。

そして、ぐったりとベッドに倒れているエステルを見て、にやにやと笑う。

「いやー、おめでとう、レオンくん！　さすがだね！　お姉さんは絶対にレオンくんが勝つと思ってたよ！」

「それはありがとうございます。たぶん、俺が勝つと思ってたのは寮長だけですよ」

「ま、それはそうだよね。でも、これからはみんなもレオンくんのこと、見直すよ？」

ふふっと寮長が優しい笑みを浮かべる。

たしかに、そのとおりだ。あの天才少女エステルに勝ったのだから、周りもレオンの実力を認めざるを得ない。

そして、レオンの目的のためには、この先ももっと多くの優秀な生徒に勝っていく必要がある。勝てば勝つほど、レオンは注目されることになるだろう。

だが、今は目の前のエステルをどうするかが問題だ。

「寮長。エルミジットさんの身体を濡れタオルかなにかで拭いてあげてくれませんか」

「うーん。それは嫌だな」

きっぱりと寮長に断られる。寮長を見ると、目が笑っている。

「だって、あたしは先輩だし。こういう雑用は後輩のレオンくんがやるべきでしょ？」

「いや、でも、俺は男で――」

「風呂場で一糸まとわぬ姿を見たのに、いまさらそんなことを言わないの。それに、エステルちゃんにお漏らしなんて恥ずかしい思いをさせたのは、レオンくんでしょ？　責任を取らないと」

寮長がからかうように言い、後ろ手に組んで少し甘えるようにレオンを上目遣いに見る。

小柄な寮長を見下ろす形になり、彼女の制服のブレザーから、大きな胸の谷間が見える。

（まったく、この人は……いつも無防備だな……）

レオンは絶対調教のスキルを使うのを封じているが、たまにこの寮長にだけは使いたくなる。

それは寮長があまりにもいたずら好きすぎて、イラッとするからでもあるし、何気ない仕草が可愛い美少女でもあるからだ。

　寮長は落ちこぼれのレオンを認めてくれていて、他の人には見せないような優しい表情もレオンにだけ見せてくれる。

　そんなとき、レオンは寮長を自分のものにしたいという欲求に駆られる。寮長もレオンのことを悪く思ってはいないのでは、と淡い期待を抱いていた。

　寮長は微笑んだ。

「エステルちゃんの身体、ちゃんと拭いてあげてね。これは寮長命令です。あたしが見ていれば、間違いも起こらないでしょ？」

　レオンは途方に暮れた。

　だが、結局のところ、寮長以外に頼れる女子なんていない。絶対調教スキルのせいで、女子はみんなレオンと距離を置いていた。

　エステルを放置するわけにもいかない。

　しばらくして、レオンは仕方なくエステルのスカートに手をかけた。

　脱がして身体をきれいにしてあげるために。

　ほっそりとした白い脚が露わになり、下半身は純白の下着一枚になった。

　ごくりとレオンは生唾を飲む。

　決闘の勝者として、レオンはこの美しい少女の身体を自由にする権利がある。レオンさえ望めば、エステルの意思に関わりなく、レオンはこの少女の貞操を汚すことができる。

（だ、ダメだ……！）

レオンはどうにか邪念を振り払った。レオンは決して善良な人間ではないが、悪人にはなりたくなかった。魔剣士として誇れる自分になる。それが姉との約束でもあった。

ところが、そのままレオンが濡れタオルでエステルの身体を拭こうとすると、寮長が異を唱えた。

「駄目だよー。エステルちゃん、パンツも汚れているから、脱がして拭いてあげないとー」

「そ、そんなことできるわけないじゃないですか!?」

「できるでしょう？　この子はレオンくんのものになったんだから」

「寮長、俺は――」

「寮長命令♪」

寮長はくすっと笑うと、細い指先でレオンの頬をつついた。

結局のところ、今のレオンは寮長に逆らえない。そもそも、レオンがこの学院に入学できたのも、寮長の力添えによるところが大きい。

それこそ、寮長に絶対調教スキルでも使えば別なのだろうけれど。

レオンは仕方なく、エステルの下着を奪った。

脱がすときに、エステルの大きなお尻に手が触れて、レオンはその柔らかい感触にくらりとする。

腰回りはほっそりとしているのに、いわゆる安産体型というやつなのだろう。胸も大きいし、エステルはスタイルも抜群だった。

パンツもなくなり、エステルは下半身が完全に裸になった。

その白い内腿にレオンは目を奪われる。

エステルの髪は美しいブロンドだけれど、恥毛まで金色なのには驚いた。ただ、少し髪より色が濃い。

「女の子のあそこの毛はね、髪の色よりも少し濃い色になるんだよ」

謎の豆知識を寮長が披露する。

「へえ……」

思わず、レオンは寮長の髪を見て、それからそのスカートへと視線を移してしまった。

寮長は淡い茶色のきれいな髪色をしている。

慌てた様子で、寮長は手でスカートを押さえ、顔を赤くする。

「もー、レオンくんのエッチ。今、あたしの下半身のこと、想像したでしょ？」

「す、すみません。でも、寮長が変なことを言うからいけないんですよ」

「えっと、レオンくんが見たいなら見せてあげるけど？」

「……遠慮しておきます」

「なんで!?」

くだらない会話をかわした後、レオンはいよいよ濡れタオルでエステルの脚を拭き始めた。

クラスメイトの女の子の脚をタオルで拭いていくなんて、少し背徳的な興奮を覚える。しかも、エステルは気を失っている。

ついにレオンの手がエステルの秘所に届いたとき、エステルが「ううん……」と小さな可愛らしい声を上げた。

どきりとするが、まだ意識は戻っていないらしい。あくまでレオンの手の感触に反応しただけのようだ。

タオル越しに拭き拭きとその秘所をきれいにしようとすると、刺激のせいかエステルが「あっ、んっ」と甘い声を上げる。

直接触ってみたい衝動に駆られるが、寮長も見ているし、そんなことはできない。だが、つい重点的にエステルの秘所を拭いてしまう。

エステルの恥部はきれいな色で、風呂場で処女だと言っていたことを思い出す。

レオンは自分のもので、エステルの処女を奪うところを想像してしまい、下半身が熱くなるのを感じた。

レオンは女慣れしている方ではないし、クラスメイトの美少女の裸を触っていて、平静な心ではいられない。

自分のものが大きくなるのを感じる。

と、そのとき、突然、ズボンの上から、レオンはあそこを触られ、「ひゃうっ」と声を上げてしまう。

犯人は寮長だった。寮長はくすくす笑っている。

「うわあ、おっきい。それに、可愛い声……。女の子みたい♪」

「な、何してるんですか!?」

「レオンくんのお○んちんを触ったんだよ？」

「寮長は常識がない痴女なんですか!?　男をからかうようなことして、襲われても知りませんよ」

「心外だなあ。レオンくん以外にはこんなことしないよ？　それとも、あたしを襲っちゃう？」

「襲いませんけど、いつか襲われても、文句は言わないでくださいね？」

「言わないよー？　むしろ大歓迎！」

どこまで本気かわからないことを、寮長は楽しそうに言う。

ともかく、レオンは一通りエステルの下半身を拭き終わった。これできれいになったはずだ。

あとは着替えを用意すればいい。

ほっと息をつくと、寮長が上目遣いにレオンの様子を窺う。

「レオンくん。興奮しちゃったなら、大きくなったお○んちんをエステルちゃんのあそこに突っ込んであげればいいのに」

「……寝ている間にそんなことをするほど俺は鬼畜じゃないですよ？」

「起きているときなら、いきなりヤっちゃうの？」

「しません！」

「そうすれば、エステルちゃんも調教スキルの対象になるんでしょ？」

「ああ、絶対調教の発動要件は複雑なんですよ。そう単純な話じゃなくて――」

レオンが言いかけたとき、エステルが「ううん、ここは……？」と寝ぼけたような声を上げた。

タイミングが悪い。あと少しで服を着せられていたのに。

下半身裸の状態のエステルはショックを受けるだろう。

とはいえ、きちんと事情を説明すればわかってくれるはずだ。女性の寮長も同席しているのだし。

そう思って、寮長がさっきまでいた位置をレオンが振り向くと――そこに寮長はいなかった。

（あ、あの女……！）

レオンは心の中で悪態をつく。絶対わざとだ。寮長が舌を出して「てへぺろ」としているところが想像できる。

寮長はレオンにスキルを使わせたい。二人きりにしておけば、レオンがエステルを襲うと考えたのかもしれない。

レオンはそんなことをするつもりはないのだが、もちろんエステルはそうは思わず――。

「え？　わ、わたし――」

エステルは青い目を大きく見開き、固まった。そして、ベッドの上の自分の下半身がすっぽんぽんであることに気づく。

エステルは自分がスカートもパンツもレオンに脱がされたと理解し、みるみる顔を真っ赤にした。

「いやあああああああっ！」

エステルが甲高い悲鳴を上げて、毛布を引き寄せる。

その目は涙目になっていた。

「ちょ、ちょっと待って！　エルミジットさん！　誤解だから……！」

「わ、わたし、初めてなの……」

「へ？」

「お願いだから、痛くしないで……」

エステルはレオンを見上げ、そんなふうに涙ながらに懇願した。

どうやら、これから襲われるのだとエステルは思っているらしい。

たしかに状況を見れば、レオンがエルミジットを室内に連れ込み、ベッドの上に横たえ、そして下着を脱がした……という状況なわけで。

エステルが誤解するのも当然だ。しかも、決闘で負けた方が相手の命令を聞く、という約束だった。

勝ったレオンがエステルを犯そうと思えば、エステルは抵抗できない。

「わ、わたしにエッチなスキルを使って、凌辱して妊娠させて、性奴隷としてずっと監禁し続けるつもりなんでしょ……!?」

「そこまではしないよ！」

「れ、レイプはするつもりなんだ!?」

「しないし、たとえエッチなことをしても、合意の上じゃない？」

レオンがそう言うと、エステルはぐっと言葉につまった。決闘のとき、「負けたら性奴隷になってもいい」とエステルは言っていた。

たとえ強引にレオンに犯されても、エステルは文句を言う筋合いはない。

エステルの目から涙がぽろぽろとこぼれ落ちる。

「わたし……ずっと頑張ってきたのに。強い魔剣士になってみんなを見返したかったのに……こんなところでわたしの人生、終わっちゃうの？」

エステルはわんわんと泣き始めてしまった。泣いてしまうと、強気な天才美少女の面影はなくて、とても幼く見える。

女の子の涙は反則だ、とレオンは思う。

なぜかレオンが悪いことをしている気分になってくる。

レオンは困った。エステルにひどいことをしない、と信じさせないといけない。

そっと、レオンはエステルの髪に手を伸ばす。エステルはびくっと震えたが、レオンはその髪を優しく撫でた。

「え……？」

意外そうにエステルはレオンを見上げる。

「何もしないし、エルミジットさんの人生を台無しになんてしないから、安心してよ」

「わたしをスキルで性奴隷にするんでしょ？　そのために決闘で勝ったんだし」

「もともと決闘を言い出したのはエルミジットさんだ。俺が負けたら退学になるから、勝っただけだよ」

「でも、『負けたら俺の性奴隷になってくれるんだよね、ぐへへ』って言ってたし……」

「ぐへへ、とは言ってない……」

レオンは名誉のために訂正した。

あれはエステルにプレッシャーをかけて、勝ちやすくしただけだ。エステルは天才だが、メンタル面では強くなさそうだった。だから、あえて最悪の未来を想像させたのだ。

そう言うと、エステルは泣き止み、レオンをじっと見つめる。

「あなたって……性格悪いのね」

「まあね。俺は善良な人間じゃない。悪人でもないけど。絶対調教スキルを君に使ったりはしない」

そう言ってから、レオンはエステルの下半身に乾いたタオルをかけた。

これでエステルの恥ずかしい部分は隠すことができる。

「じゃあ、なんでわたしは下着を脱がされてたの？」

エステルは警戒するようにレオンに問う。

「まあ、その、エルミジットさんの下半身が汚れてたから、きれいにしてあげてたんだよ」

具体的な理由をレオンは言わなかった。だが、自分が失禁したことをエステルは思い出したらしい。

かあっと顔を赤くする。

「わ、わたし……！　みんなにあんなところ見られて……もうお嫁に行けないわ」

「ごめん。まさか、あんなことになるとは思わなかったから」

レオンはエステルに勝つつもりだったが、エステルが恐怖でお漏らしするとは予想できなかった。

「せ、責任とってよね？」

「責任って、俺が!?」

「そう。わたしをあんな恥ずかしい目に遭わせたんだから……」

「どうやって責任を取ればいいのさ？」

「それは――」

エステルは頬を赤く染めて、うつむいてしまう。

金色の髪を右手でいじり、もじもじとする。

「ランカスターくんってすごく強いのね。剣技だけであんな強い人がいるなんて、思わなかった。それに、優しいし」

「へ？　そう？」

「そうよ。性格悪いって言ったけど、あれは嘘。だって、決闘に勝ったのに、わたしに何もしないで、わざわざ汚れた身体をきれいにしてくれたし」

「普通のことだよ」

「そうかしら。他の男子だったら、きっとわたしを――弄んでたと思う。それが決闘の勝者の権利だし、誰にも咎められないんだから」

「まあ、それはそうかもね」

「ランカスターくんは、絶対調教のスキルを使えばもっと強くなれるのよね。なのに、どうして使わないの？」

「えっと、使っていいの？」

「わ、わたしはあなたの性奴隷になんてなりたくないし！　使ってほしくないけど……。でも、不思議だなって思ったの。あなたはわたしを性奴隷にして、エッチなことをしても何のリスクもない。勝者の権利を使うだけなのに、どうしてスキルを使うのを拒むの？　一度もスキルを使ったこと、ないのよね？」

「実は……一度だけあるんだよ」

「え？」

エステルが驚いた表情をする。もちろん、レオンはこの学院に入学してからは一度もスキルを使っていない。

スキルを使ったのは、遠い昔。レオンの暗い過去の出来事だ。レオンがスキルを封じた原因でもある。

レオンには憧れの姉がいた。血はつながっていなかったけど、誰よりも大事な家族だった。

そして、レオンが絶対調教スキルを使い、性奴隷にしてしまった相手は……その姉・アリアだったのだ。

†

レオンが生まれたのは、王都に屋敷を構える上流階級の家だった。

四代さかのぼればランカスター公爵という大貴族が先祖だが、傍流のレオンの父はとっくに爵位のない平民だ。

ただ、レオンの父は魔剣士として極めて高名で、清廉潔白な人格者として知られていた。女帝陛下から騎士爵を受けるほどの実績もあった。

だからこそ、息子や娘にも魔剣士としての期待をかけたのだが――。

レオンが持っているのは、〈絶対調教〉といういかがわしいスキルのみ。

だから、父は露骨に落胆した。真面目で厳格な父は、女性を性奴隷にするなどというスキルを認めることはできなかったのだ。

さらに母も、兄弟姉妹も、使用人たちもレオンを蔑んだ。特にレオンが10歳ぐらいになると、女性の使用人たちは手籠めにされることを恐れさらに距離を置いた。

孤独なレオンに、家族として接してくれた数少ない例外が、アリアだった。アリアはもともと孤児だったが、その魔剣士としての高い才能を見込まれ、父の養女となったのだ。

この義理の姉は6歳年上で、そして、とても可憐で美しい少女だった。つややかな黒髪をまっすぐに長く伸ばしていて、女の子らしい可愛らしい服装を好んだ。

成長すると、すらりとした長身になり、とても女性らしい体つきになって、レオンをドキドキさせた。

「ね、レオン？　一緒にお出かけしようよ！」

そんなアリアはレオンを頻繁に遊びに連れ出してくれた。王都の有名なスイーツ店、演劇場、釣り堀……。

どこもアリアと一緒なら、とても楽しかった。アリアは優しくてきれいで、そしてレオンのことを溺愛してくれた。

レオンにとって、アリアは理想の姉だった。それだけではなく、成長するにつれ、アリアは魔剣士としても天才的な活躍を見せるようになったのだ。

アレスフォード帝国防衛学院で、最優秀の成績を収め、序列一位の生徒会長となった。貴族以外の子弟では極めて珍しい。

しかも、帝国全土の帝国防衛学院の生徒が出場する星月剣祭《フェスティバル・オブ・スターズ》では準優勝すらした。

同世代では最強クラスの魔剣士だったのだ。そんなアリアに憧れ、レオンも強い魔剣士になりたいと願うようになった。

けれど、レオンにあるのは、絶対調教スキルだった。こんなスキルでは強くなれない。いや、仮にこのスキルを使って強くなれたとしても、そんな邪道な方法で人を救う魔剣士になれるのだろうか。

その答えは、レオンが12歳のとき、アリアが教えてくれた。そのとき、二人は帝都の有名喫茶店にいて、アリアは美味しそうにケーキを食べていた。

18歳のアリアはもう十分に大人の女性で、ブラウスの上からでもその胸の膨らみははっきり見て取れた。

「やっぱりこの店のショートケーキは最高よね！　ほら、レオン君も、あーん」

「は、恥ずかしいからやめてよ、アリアお姉ちゃん……」

「あら、レオン君も大人になったのね。でも食べてくれないと、お姉ちゃん、傷ついちゃうな」

仕方なく、レオンはぱくっとアリアの差し出したフォークのケーキを食べた。たしかにケーキはとても美味しかった。

そして、アリアは目を細めて、とても幸せそうにレオンを見つめた。

「ねえ、レオン君。君はきっと強く素敵な魔剣士になれるわ」

「そうかな。俺には絶対調教スキルしかないし……あんな汚れたスキル、みんなに馬鹿にされる」

アリアはそっとレオンの髪を撫でた。

「そんなことない。スキルは神様から与えられたものだもの。汚れたスキルなんてないし、正しく使えば人を救えるものよ」

「でも……」

「いつかレオン君に身も心も捧げてくれる女の人が現れて、レオン君もその人を愛することができたなら、その人にスキルを使えばいい。同意の上で結婚相手に使うなら何も悪いことじゃないでしょ？」

「そっか……でも、そんなふうに俺にすべてを捧げてもいいと思ってくれる人なんて、できるかな」

「きっとできるわ。だって、レオン君は私の可愛い弟だもの」

そう言って、アリアはふふっと笑った。その表情はとても可憐で……レオンにとって、初恋の人はアリアだった。

だから、結婚するなら、レオンはアリアとしたいと思っていた。

（義理の姉だから、結婚はできるはずだし……）

アリアもレオンのことを愛してくれている。今はそれは弟としての愛であっても、一人の男として愛されるように、レオンはなりたいと強く願った。

でも、その願いも、アリアとの幸せな日常も、ある日突然、すべてが壊された。

アリアは19歳になって、レオンは13歳になった。帝国防衛学院を卒業したアリアは、魔剣士として実戦で大活躍し、国中にその名が知れ渡った。反帝政派のテロリストを何人も捕まえた。

そう。

アリアは活躍しすぎたのだ。平民出身の美しき天才美少女魔剣士。彼女は反帝政派にとって格好の標的になった。

アリアとレオンが帝都の街を歩いていた夜、二人は襲われた。

反帝政派による襲撃だ。

「レオン君のことだけは守るから!」

アリアはそう言って、果敢に立ち向かった。ブラウスとスカートの清楚な姿のアリアは人間離れした強さを誇ったが、所詮、一人の少女だった。

大勢の男たちに囲まれ、やがて力尽きた。

レオンは恐怖で震えて見ていることしかできなかった。敗北した二人は路地裏に連れ込まれ、そこには反帝政派の幹部の女性がいた。

美しく妖艶な銀髪の美女だ。10代後半から20代前半ぐらいだろうか。彼女は異国風の踊り子の衣装をまとっていて、大きな胸も尻も大胆に露出している。

彼女は、蔑むようにアリアとレオンを見下ろした。

「なーんだ、つまらない。天才魔剣士もこの程度?」

「お、弟だけは助けて……私はどうなってもいいから」

アリアは見下されても、必死でそんなふうに懇願をした。アリアはレオンを救おうとしてくれている。なのに、レオンは何もできない。

そのことが悔しかった。

「ふうん。なんでもするのね。なら、ここにいる男全員の相手をしてもらおうかしら」

「……っ！　せ、せめて弟の目の前でだけは……やめて」

レオンにも姉が何をされようとしているかはわかった。このままだと、姉は大勢の男に辱められる。

男の一人がアリアの胸を背後から揉みしだく。「いやああっ」とアリアが涙目になりながら、振りほどこうとした。

だが、アリアはあっという間に身ぐるみ剥がれ、ブラウスもスカートもその下のブラもショーツも奪われてしまう。

そのままだったら、アリアは男たちにレイプされていただろう。

だが、幹部の女性はふふっと嗜虐的な笑みを浮かべた。

「あっ、もっと面白いこと、思いついちゃった」

そして、女はアリアに向けて魔法を使った。一瞬で、裸のアリアが糸の切れた人形のように崩れ落ちる。

「お、お姉ちゃん！」

「安心しなさい。眠らせただけだから。でも、この女を救いたいなら、あなたがこの女をレイプしなさい」

「え？」

「絶対調教スキル、でしょ？　正直、アリア・ランカスター自身よりそっちに興味があったのよね。こいつも女なんだから、弟の性奴隷にもなれるはず」

「俺は姉を性奴隷になんてしない！」

「やらなければ、殺しちゃうから。それと、この女が起きても、命令で犯したってことは言ってはダメ。あくまで君が気持ちいいから襲っちゃったって演技しなさい」

「な、なんで……？」

「その方が面白いからに決まってるでしょ？」

女は冷酷に言う。この世にはレオンやアリアの想像もできなかった悪意があるのだった。

この女の命令に従わないわけにはいかなかった。そうしなければ、レオンもアリアも命がないし、アリアは男たちに凌辱もされるだろう。

アリアを救うために、レオンがアリアを犯すしかない。

そして、レオンはアリアの身体に覆いかぶさった。無理やり姉を犯すなんて嫌なはずなのに、どうしようもないほどレオンは興奮していた。

一糸まとわぬアリアは神々しいほど美しかった。

アリアの豊かな胸を両手で弄び、みずみずしい唇にキスをする。

大きな尻を触り、そして下腹部を撫でた。アリアの身体がレオンの支配欲を駆り立てる。

アリアは「んっ」とときどきあえぐが、目を覚ます気配はない。

やがてレオンのものは大きくなっていく。

そして、レオンはアリアの秘所に目を奪われた。そのきれいな恥部は、レオンを誘うかのように無防備にさらされていた。

もう引き返せない。

レオンはそこに自分のものを突っ込んだ。

アリアは処女だった。破瓜（はか）とともに、その痛みでアリアが目を覚ます。

「い、痛いっ……！　え、レオン君……？　な、なんで、あっ、いやあああああああ」

アリアが悲鳴を上げる。だが、レオンはかまわず腰を振り、アリアを犯し続けた。

「駄目っ。やだっ……ひうっ」

レオンがアリアの胸の桜色の突起をつまむと、アリアがびくんと身体をのけぞらせる。

「ごめん……お姉ちゃん」

「やだっ！　わたしたち、姉弟じゃいられなくなっちゃう……！　ダメっ……んんっ」

アリアの悲痛な叫びを、レオンはキスで封じた。

もう手遅れだった。それに、ずっと前から、レオンはアリアを姉ではなく女として見ていたのだ。

レオンが舌を絡めると、アリアも舌を絡め返してくれた。情熱的なキスでアリアが自分を受け入れてくれたかのように錯覚する。

だが、キスを終えると、アリアは全力でレオンを振りほどこうと抵抗した。

「弟とセックスするなんて嫌！」

愛してくれていると言っていたのにこんなに嫌がらなくてもいいじゃないか、とレオンは身勝手なことを思ってしまう。

銀髪の女が突然、アリアのすぐ横に現れ、なにか注射のようなものをアリアに打った。

途端にアリアがびくんと身体を跳ねさせ、そして、その白い肌が紅潮していく。

「な、なにこれ……!?」

「媚薬よ。動物用だから、人間用の百倍は効くわね」

「そんな……ひうっ！　あひいいいい」

アリアがあえぎ声とも悲鳴ともつかないような声を上げる。

レオンに膣内を突かれるたび、アリアはすさまじい快感を感じているようだった。

やがてレオンのものも怒張し、我慢の限界に達した。絶対調教スキルの発動のためには、相手に精液を送り込む必要がある。

つまり、中出しが条件なのだ。

アリアも何をされようとしているのか、わかったらしい。

「それだけはダメっ！　レオンの赤ちゃんできちゃう！　弟の子供を妊娠しちゃうからああっ！　ああああ、ひんっ、ひゃうっ。いやああああああああっ」

レオンのものがどくどくと脈打ち、アリアの子宮へと白濁液を送り込む。

「ああっ……」

アリアが絶望したようにがっくりとうなだれる。

そして、アリアの下腹部に赤い不思議な模様が現れた。子宮をかたどった、いわゆる淫紋だ。

こうしてアリアはレオンのスキルで性奴隷となった。レオンは涙する。

自らの理想、憧れの存在。

初恋の女性を自分の手で汚してしまった。

だが、二人の地獄はここから始まった。

二人は拉致され、別々の牢に監禁された。そして、一日に朝晩と面会させられると、実験動物のように交尾させられた。

最初は抵抗していたアリアだったが、絶対調教スキルのせいで反抗しようとすればするほど、ますます発情してしまう。おまけに毎日のように媚薬を打たれ、レオンに犯されるうちに、しだいにアリアはセックスのことしか考えられない、文字どおりの性奴隷へと堕ちていった。

「私は……レオン様のお○んぽのことしか考えられない、卑しい雌奴隷ですうっ！　あひ、ひうっ。ひゃうっ、あっ、気持ちいい……！」

そう言いながら、アリアはレオンにまたがり、レオンのものをくわえこんで腰を振った。

そこにはもう、凛とした魔剣士の姿も、優しい姉の面影もなかった。

ただただ、男に奉仕して快楽を得る雌になっていたのだ。

悲惨なアリアを見て、レオンは涙を流しながら、その子宮に白濁液を注ぎ込んだ。

そんな日々が30日も続いた。

最後の面会のとき、アリアの瞳には理性の光が戻っていた。

そして、レオンにそっと恋人のようにキスをして、えへへと微笑んだ。

「レオン君が私にしたこと、怒ってないよ？　きっと脅されてたんでしょう？」

「お姉ちゃん……でも……」

「私はいつでもレオン君の幸せを願っているから。だって、私はレオン君のお姉さんだもの」

「アリアお姉ちゃん……」

「だから——あっ」

見張りの男がアリアに媚薬を打つ。すると、アリアははあはあと荒い息遣いでよだれをたらし、レオンのものをぺろぺろと舐め始めた。

「レオン様の固くてたくましいもの……とっても美味しいです。今日も赤ちゃんの種、いっぱいくださいね？」

ふたたびアリアはただ、男性器に奉仕するだけの存在に成り下がった。

そして次の日、アリアの妊娠が発覚した。

もちろん、レオンの子だ。

†

義姉のアリアを性奴隷にした経緯を、レオンはエステルに話した。

もちろん詳細は省いているのだけれど、それでもエステルはショックを受けたようだった。

レオンは目を伏せる。

「ごめん。こんな話をして、ますます俺のことを嫌いになったよね。姉に無理やり……ひどいことをするなんて」

「ううん。そんなことない。だって、あなたは被害者でしょう？」

いたわるように、エステルがレオンを見つめる。きっとエステルは素直でいい子なんだろうな、と思う。

もちろん、レオンは被害者だ。だが、強制されたとはいえ、レオンがアリアの身体に劣情を抱き、その身体を欲望のままに蹂躙して孕ませたのも事実だった。

「そういえば、絶対調教を使ったなら、今のあなたはスキルの力で強くなっているの？」

「いや、あれは有効期間があるからね。あまり長い期間、その……性的な接触がないと、俺に対する強化の効果は薄れてしまう。だから剣技のみで戦ったのは本当だよ」

同時に、アリアも絶対調教の呪いから解放されていることを、レオンは願っていた。

今でもレオンのスキルのせいで、アリアが発情して苦しんでいるなんて思いたくない。

「えっと、今、ランカスターくんのお姉さんはどうしているの……？」

「行方不明なんだ。反帝政派の拠点が秘密情報局の魔剣士によって奪還されて、俺は救出された。でも、アリア姉さんは逃亡する反帝政派に連れ去られて……」

生きているかどうかもわからない。レオンは強い怒りと深い後悔を覚える。

反帝政派のあの銀髪の女幹部さえいなければ。レオンがもっと強ければ。

今でも、アリアはレオンの理想の姉で、二人は幸せな日常を送れていたかもしれない。

「だから、俺がこの学院に入学したのは、魔剣士になって偉くなるためじゃない。力を手に入れて、反帝政派に復讐する。そして、アリア姉さんを俺の手に取り戻す」

レオンは手を強く握りしめる。それがレオンの真の目的だ。

エステルはうなずき、そっとレオンの手を握った。

驚いてレオンがエステルを見ると、エステルは柔らかく微笑んだ。

「見下すような発言をしたり、ひどいことを言ってごめんなさい。あなたは大切な人のために強い魔剣士になろうとしていたのね」

「そんなきれいなものじゃないよ。俺は醜悪なスキルを持つ、落ちこぼれの魔剣士だ」

「でも、あなたはお姉さんのために努力した。スキルを封印して、わたしに圧勝するぐらい、ものすごく強くなった。それはすごいことだと思うの」

「そうかな……」

「そうよ。だから、お姉さんを助けるのを応援してる。わたしにできることだったら、何でも言って。あ、もちろん性奴隷になるのはダメだけど、それ以外なら協力するから」

エステルは目をきらきらと輝かせて言う。

だが、エステルにできる最大の協力は、絶対調教スキルの対象となることなのだ。

もしレオンがエステルにスキルを使えば、どうなるか？

姉アリアが精神を崩壊させ、レオンの肉棒に奉仕することしか考えられない雌となったのは、媚薬のせいだけではない。

おそらくレオンの絶対調教スキルが精神にも作用していたのだろう。だからこそ、強く美しく正義感の強かった姉は、発狂して快楽におぼれてしまった。

エステルにスキルを使えば、同じことが起きるかもしれない。

レオンのペニスを喜んで受け入れ、その快楽にのみ身を任せ、破滅する。「レオン様のお○んちん、もっと欲しいです！　魔剣士なんて、もうどうでもいい！」とあえぎ、すべてを捨ててしまうのだ。

そんなわけにはいかない。一人の優秀で美しい少女の未来を奪うなんて、レオンにはできなかった。

だが――。

「いい話っぽくまとめようとしているけど、ダメだよ？　レオンくん、エステルちゃん？」

振り向くと、そこには寮長がいた。

レオンはぎょっとした。

「いつから戻ってきていたんですか？」

「実は物陰でずっと盗み聞きしていました」

「りょ、寮長……！」

「そんなに怒らないでよ。だいたい、あたしはレオン君の事情は全部知っているわけだしさ。ともかく、レオン君はエステルちゃんに絶対調教スキルを使わないとダメ」

「俺は絶対に使いません！」

寮長は急に真面目な表情になり、美しい茶色の髪をかき上げた。

「レオンくんはこの子にスキルを使うべきだよ。それは勝者である君の権利で、義務なんだから。いつまでも『落ちこぼれ』のままではいられないでしょう？　レオンくんがいくら強くても、剣技だけじゃ限界がある」

「それはそうですが……」

「アリアさんを救いたいなら、君はスキルを使って強くなるべきだよ？　それが君の復讐と贖罪に必要なこと」

寮長が言っているのが正論だとはわかっている。アリアを救いたいなら、レオンはスキルを使うべきだ。

そして、エステルは決闘のとき、負けたらレオンの性奴隷になってもいいと明言した。負い目を感じる必要は何もない。

ただ、レオンの気持ちだけが問題なのだ。

エステルを振り向くと、エステルがびくっと怯えた表情を浮かべ、目に涙を浮かべる。

「わたし、性奴隷になんてなりたくない……！」

レオンは迷った。そのレオンに寮長は言う。

「エステルちゃんに同情するのはよくないよ。この子は負けたら何をされてもいいって条件で決闘に臨んで、負けたんだから。たとえレオンくんに強引に処女を奪われて、何度もセックスを強要されて、妊娠しちゃって、一生をレオンくんの性奴隷として捧げることになっても文句は言えないの」

「ですが……」

「もしそれでもレオンくんがあたしの命令に従わず、エステルちゃんを解放するなら……全寮生徒会に相談して、レオン君には退学してもらうことになるかもね」

「な、なんでですか!?」

「この学院は強い魔剣士を養成する学校だよ。スキルを使わないなんて許されるはずがないでしょ？」

寮長はきっぱりと言う。交渉の余地はなさそうだった。

くすりと寮長は笑うと、レオンの耳元にふっと熱い息を吹きかける。

「レオン君はアリアさんを犯して妊娠させたことで、トラウマがあるんだよね。だから、あたしを言い訳にしてくれていい。エステルちゃんを性奴隷にするのは、あたしが命令したから。そういうこと。ね？」

寮長はレオンを慈しむように見つめていた。

「でも……」

「どうしても抵抗があるなら、先にあたしを性奴隷にしておく？」

寮長はふふっと笑い、とんでもないことを言った。

「寮長を性奴隷にする!?　それって……」

「つまり、レオンくんがあたしに絶対調教スキルを使って、あたしの身体にお○んちんを突っ込んで、中出しして妊娠させてくれていいってことだよ？」

レオンは寮長に絶対調教スキルを使うところを想像したことはある。この生意気で可愛い先輩女子を従順にしてみたいという暗い欲求もないことはないのだ。

だが、もちろん、それは想像だけのこと。実際に使うつもりはない。寮長は決闘に負けたわけでもないし、レオンは寮長にいろいろと恩がある。

それに、寮長のこの明るい性格が、レオンは好きだった。もしレオンの性奴隷にすれば、寮長も「レオンくんのお○んちん美味しい！　もっと赤ちゃんの種ほしいのっ」とよがり狂うだけの存在になってしまうかもしれない。

それはレオンにとって耐えられない。だが、同時に想像すると、興奮してしまうことも事実で……。

「あっ、レオンくんの大きくなってる！」

ズボンの上から寮長に男性器を触られ、レオンは悲鳴を上げた。

「りょ、寮長……」

「今、あたしを犯すところを想像して興奮したでしょ？」

「想像させた寮長が悪いんです！」

「まあ、レオンくんとエッチなことをするなら、あたしが主導権を握りたいよね」

それに、レオンが仮に寮長を性奴隷にしても、エステルを解放してもよいという話にはならない。

あくまで「先に」寮長を性奴隷にするだけなのだから。この寮長は、決闘に負けた少女の身代わりに、自分が性奴隷になるほどお人好しな性格ではないとレオンは知っていた。

「あたしはレオンくんに強くなってほしい。それに、アリアさんも助けてほしい。あの人は……あたしの恩人だから」

寮長はささやく。寮長はレオンの姉のことをよく知っていて、その救出はレオンと寮長の共通の目的でもあった。

レオンはエステルをもう一度見た。裸の下半身にタオルをかけられ、上半身は制服という格好が扇情的だ。

一歩、エステルに近づく。

「あ、あたしにひどいことをしたりしないよね？ ランカスターくんは優しいもの」

エステルは怯えたようにレオンを見上げる。その口調は媚びるようですらあった。以前の高飛車さはすでに失われている。

「俺が優しいと言えるほど、エルミジットさんは俺のことを知らないよ」

結局のところ、最愛の姉とただのクラスメイト、どちらが大事かは明白だ。

そして、エステルは決闘に負けていた。何をされてもいいと言っているのだ。

レオンはエステルの下半身のタオルを奪った。エステルが「きゃあっ」と悲鳴を上げるが、かまわずにレオンはエステルの胸に手を伸ばす。

制服の上からでも、エステルの胸の大きさはよくわかった。アリアも巨乳だったけれど、それに負けずとも劣らない。

風呂場でも思ったけれど、本当に男にとって理想の身体をしている。

胸をまさぐられ、エステルは青い目を大きく見開く。

「や、やめてっ！　いやあっ」

「ごめん。エルミジットさん……俺は目的を果たさないといけない」

「他のことならなんでもするって言ったでしょ!?　協力するから、性奴隷になるのだけは嫌なの！」

「スキルの対象になってもらうのは一番の協力なんだよ。負けたら性奴隷になってもいいって言ってたよね？」

「やだやだっ！　わたしは最強の魔剣士になるの！　強くなって偉くなってみんなを見返すんだから！　ひうっ」

レオンがエステルの恥部をそっと撫でる。エステルはかあっと顔を赤くした。そちらに気を取られた隙をついて、上半身のブレザーとブラウスを強引に剥ぎ取る。

ブラジャーのみの姿になったエステルは必死の抵抗をして、レオンを足蹴(あしげ)にすると、背を向けて逃げ出そうとする。

だが、レオンに背後から胸をつかまれ、「あああっ」とエステルはあえぎ、ベットの上で四つん這いになってしまう。

レオンはエステルのブラの下に手を突っ込んで、その乳首をきゅっきゅっとつまんだ。

「いやっ！　乳首いじめないでっ……」

胸をいじられ、エステルは金色の髪を振り乱し、荒い息遣いであえいでいる。

「本当にごめん、エルミジットさん……」

「あうっ！　さ、最低っ！　結局、あなたも他の男と一緒で、性欲まみれなんじゃない！」

「そうだよ。俺は最愛の姉に欲情して、何度も無理やりセックスをして孕ませたんだ。他の女にだって同じことをできないはずがない」

「同じことって……ま、まさかわたしも妊娠させるつもりなの!?」

「性奴隷なんだから、そういうこともあるかもね」

「いやあああああああっ」

エステルは全力で抵抗するが、男のレオンの力には敵わず、押さえ込まれてしまう。

しかも、背後から襲われているエステルは気づいていない。レオンのものが大きくなって、エステルの膣に狙いをつけていることを。

エステルの純潔は風前の灯火だった。

レオンが自分のものをエステルの秘所に当てて、こすりつける。

エステルはひときわ甲高い悲鳴を上げる。

「わたし、性奴隷になんてなりたくない！　初めては大好きな人とロマンチックな雰囲気でするの！　わたしの人生、まだまだやりたいことたくさんあるのに……！　ひあっ!?」

レオンに乱暴に胸を揉みしだかれ、秘所に肉棒をこすりつけられ、エステルは泣きながらあえぐ。

このまま、エステルの処女を奪っても、誰も文句は言わない。

だが――。

レオンはそこで動きを止めて、エステルを解放する。そして、エステルの正面に回り込んだ。

「えっ……？」

「エルミジットさん。実はもう一つ、絶対調教スキルを発動させる方法があるんだよ。エルミジットさんの処女を奪わなくてもいい方法がある」

「ほ、本当に⁉」

一糸まとわぬエステルがレオンを見上げ、涙に濡れた顔にほっとした表情を浮かべる。

レオンがさっきまでエステルを強引に犯そうとしていたのは、交渉のための脅しだった。そこまでレオンは鬼畜にはなれなかった。

最初から別の方法を提示しても、エステルはうなずかないかもしれない。だが、貞操を奪われる恐怖に怯えた後なら、「マシ」な方法だと思えるだろう。

「そっちの方がいい？」

「いいに決まってるでしょ⁉　教えなさいよ」

エステルの目に反抗的な色が戻る。少し状況が良くなって強気になっているのだろう。

レオンは微笑んだ。

「エルミジットさんが俺に奉仕して、俺の精液を体内に取り込めばスキルは発動する。つまり膣内射精か、あるいは……」

口で奉仕して、レオンの精液を飲み込むしかない。レオンがそう告げると、エステルは真っ赤になった。

「そ、そんなこと、できるわけないでしょ!?」

「できないなら――」

「きゃあっ」

レオンがエステルの胸を正面から揉みしだく。レオンに辱められ続けたせいか、乳首はびんびんに立っていて、つまむとエステルはびくんと身体をのけぞらせた。

「このまま犯してしまうしかない」

「……っ！　わ、わかったから、ご、ご奉仕するから……！　せめて寮長の見ていないところで……」

振り向くと、寮長は頬を紅潮させて、レオンとエステルを興味津々な様子で見ていた。

レオンの視線に気づき、寮長は慌てた様子になる。

「べ、べつに見てたわけじゃなくて……」

「寮長って、口では過激なことを言っても、男性経験ないですものね……」

「れ、レオンくんにバカにされた!?」

「ともかく、スキルの発動には第三者の立会人がいるんです」

どうしてそのような制約がスキルにあるのかはわからないが、おそらく勝手にレイプして性奴隷にすることを抑制しているのだろう。

アリアが性奴隷に堕ちたときは反帝政派の女幹部が立会人となり、今は寮長がその役目を果たしている。

寮長は、合法的に見ていてよいと言われ、複雑そうな表情を浮かべた。

いずれにせよ、寮長がレオンのためを思い、レオンがスキルを使う後押しをしてくれていることは事実だ。そのことにレオンは感謝していた。

レオンはエステルに目を戻す。

エステルは怯えた表情を浮かべていたが、覚悟を決めたようだった。

「や、やればいいんでしょ!?」

レオンがベッドに腰掛けると、エステルはその前にひざまずいた。

大きな胸が揺れる。

レオンのものは挿入直前だったから、もう大きくなっている。エステルはレオンのものを見つめ、そして恥ずかしそうに顔を赤らめる。

やがて、エステルはそっとレオンのものにキスをした。そして、ぺろぺろと舐め始める。

「れろっ、んっ……なんで……わたしがこんなことするはめに……」

「それはエルミジットさんが俺に負けたからさ」

「もとはといえば、あなたがお風呂でわたしを襲ったのが原因でしょ!?」

「それはそっちが時間を間違えたからだ」

「でも——あんっ」

突然、寮長がエステルの胸を背後から揉みしだいた。

くすくすっと寮長が笑う。

「ほらほら、エステルちゃん。お口は話すためじゃなくて、レオンくんに奉仕するために使わないと」

「りょ、寮長……でも、わたし……ひゃうっ」

「うらやましいな。エステルちゃんみたいに胸が大きくなりたかったよー」

「や、やめてください！」

「なら、ちゃんとご奉仕しないと。じゃないと、今度こそレオンくんに犯されちゃうよ？」

「わ、わかりました……」

エステルはしぶしぶレオンのものへの奉仕を再開した。寮長もエステルを解放して微笑む。

「反抗的な口ばかり聞いてると、レオンくんの気が変わってレイプされちゃうかもよ？　性奴隷らしく主人を敬わないと」

寮長がからかうようにそんなことを言う。別にそれで気が変わったりはしないのだが、エステルは真に受けて怯えたようだった。

そして、上目遣いにレオンを見る。

「ちゅぷっ……あっ、あの……ご主人さま？　ちゃ、ちゃんと気持ちいいですか？　んっ」

ぞくりとする。クラスメイトに敬語でご主人さまと呼ばれ、ペニスを舐められるなんてとても背徳的だ。

「もちろん気持ちいいよ」

レオンの答えにエステルは羞恥のあまり顔を真っ赤にしていた。

口でまんべんなくエステルはレオンのペニスを刺激していく。だんだん上手くなってきている気がする。

エステルが動くたびに、その胸が揺れて刺激的な光景だった。あの胸でパイズリされればどれほど気持ちいいだろう。だが、それは今回はお預けだ。

代わりにレオンはエステルの胸を軽く愛撫する。エステルは「やっ」とあえいで身をよじるが、抵抗はしなかった。

さっきもエステルを犯すのを我慢したので、レオンはもう限界だった。

レオンのものが怒張し、エステルが目を見開く。

「んんっ……！　あっ、ちゅぷっ……ああっ。お、おっきくなってる！」

そして、レオンのものはついに白濁液を撒き散らした。エステルは怖くなったのか、口を離してしまい、レオンの欲望の跡がそのままエステルの顔にかかる。

白濁液まみれのエステルが、「ううっ」とうめく。

「き、汚い……」

エステルには負担をかけて申し訳ないと思うが、一つ問題があった。

「あの……エルミジットさん。絶対調教スキルの条件、覚えてる？」

「えっ？」

「性的奉仕を行って、体内に精液を取り込むこと。つまり……」

エステルは射精の直前に口を離してしまったので、レオンの精液をまったく飲んでいない。

これではスキルが発動しないのだ。

「ま、まさか……もう一回やり直しってこと!?」

「そうだね……」

「も、もういやあああっ！」

エステルの悲鳴が響き渡る。

結局、エステルが精液を飲んでスキルが発動したのは、その一時間後のことだった。

こうして、エステルの顔は涙と白濁液まみれでぐちょぐちょになり、そして下腹部に赤い淫紋を刻んだ性奴隷となった。

第三章　教室でのエステルと新たなメイドの性奴隷？

エステルは精液をごっくんと飲み込んで、性奴隷となった直後、気を失ってしまった。

アリアの処女を強引に奪い膣内射精したときもそうだったから、強すぎるスキルの副作用なのかもしれない。

ぐったりと仰向けに倒れ伏すエステルは全裸で、レオンの体液でそのきれいな身体を汚していた。下腹部にはレオンの所有物であることを示す淫紋が刻まれている。

呼吸にあわせて、大きな胸が上下して扇情的だ。

アリアの件のトラウマがあるから、レオンはもちろん女性を無理やり襲ったりはしたくない。

だが、同時に、エステルの美しい肢体に欲情してしまうことも事実で――。

「あっ、レオンくん！　あんなに出したのに、また大きくなってる！」

「ひゃっ！　りょ、寮長……！」

ふたたび寮長がレオンのあそこを触る。さっきまで奉仕されていたから、レオンは下半身裸で、直接触られたことになる。

寮長は指先についた白濁液をしげしげと眺めている。その仕草は可愛らしいが、心臓に悪いからやめてほしい。

「いい加減にしないと、本当に襲いますよ？」

わけだし」

「えー、レオンくんにはできないでしょ？　エステルちゃんとだって、最後までできなかった
「そ、それは……」

「レオンくんの意気地なし♪」

言われて、レオンは腹が立った。ここまで言われて、反撃しないわけにもいかない。

レオンはさっと寮長のスカートの中に手を伸ばす。不意をつかれて、寮長は避けることもできず、スカートの下の下半身をまさぐられた。

そのパンツはぐしょぐしょになっていた。

「ひゃっ!?　れ、レオンくん!?」

「そういう寮長こそ、濡れているじゃないですか。他人の行為を見て興奮する変態ですね」

「そ、そんなことないもん！」

レオンに下腹部をまさぐられ、寮長は顔を赤くしてはぁはぁと荒い息遣いになっていた。

パンツの中に手を入れて指でいじると、寮長のあそこがくちゅくちゅっと淫らな音を立てる。

「だ、ダメっ！」

「さっきの仕返しです！」

「ひゃっ。あっ、レオンくんのもっと大きくなってる……あうっ」

「寮長がエロいから興奮しているんですよ」

「レオンくんのバカぁ……あんっ」

その声はとても甲高く、甘かった。

さすがにやりすぎたかと思って、寮長の下半身から手を放す。

寮長はレオンを上目遣いに見つめる。

「やめちゃうの？」

「続けていいんですか？」

「だ、ダメだけど……やっぱり意気地なしだなって思ったの」

寮長は顔を赤くしたまま、ツンと横を向いてしまった。

†

ということで、エステルはレオンの性奴隷になったが、目に見えた変化はなかった。

レオンの側にスキルの恩恵はまだ発現していないのかもしれない。

エステルはこれまでどおり学院へ通うから、寮長の配慮で金獅子寮の自室に運ばれたらしい。

スキルを使われたエステルの体調が心配ではあるが、女子の部屋のある階にレオンが行くわけにもいかない。

そして、一晩が経った。

翌朝。レオンは学院の教室へと向かう。

帝国防衛学院の学生は、授業はクラス単位で受けて、放課後は寮の自室に戻る。

クラスは一学年あたり十クラスあり、寮は「金獅子寮」をはじめ八つ存在する。

たまたまレオンとエステルは同じクラスで、しかも同じ寮だ。

教室に行くと、窓際の席でエステルがぼんやりと外を眺めていた。

他のクラスメイトたちは遠巻きにエステルをじろじろと見ている。

昨日の決闘の影響だろう。エステルは負けて、レオンに連れ去られた。

つまり――。

「よう、レオン！　あの聖女様とヤったのか？」

いきなり背後から声をかけられ、レオンはぎょっとする。

振り向くと、そこには同じクラスの男子生徒がいた。たしかウィルという名前だ、茶髪で茶色の瞳をしたごく普通の帝国人の容姿をしている。

わりとイケメン風のチャラそうな性格の男だ。絶対調教スキルを持つレオンにも、あまり偏見は持たず気軽に話しかけてくる。

「なにもしてないさ」

「嘘つけ。あのエロいスキルを使ったんだろ？」

そう言われると、スキルを使ったことは事実なのでレオンは否定はできない。かといって、エステルの名誉を思うなら、黙っておくべきなのだろうか。

レオンが口を濁していると、「やっぱり使ったのか！」とウィルが大声で言う。

「どうだったよ？　あの聖女様の身体、胸もめちゃくちゃでかいし、美人だし、男だったら一度はヤってみたいよな」

大声でそんなことを喋る。当然、女子からは氷のように冷ややかな視線を注がれる。

だが、女子たちも、エステルが犯されたと思っているのは同じようだった。

一人の容姿端麗な少女がエステルに声をかける。

「ねえ、エルミジットさん。やはり、あのランカスター君にスキルを使われて、性奴隷になってしまったのかしら？」

そう問いかけたのは、フェリカ・スカーレット。紅髪紅眼の派手な美少女だ。スカーレット侯爵という古い名門の令嬢で、新設の公爵家よりは権威もある。

エステルと身分的にはほぼ対等だが、若干劣る。

フェリカの赤い瞳には蔑むような色が浮かんでいた。取り巻きの少女たちがくすくす笑っている。

もともとフェリカはエステルを妬み、強い対抗心を燃やしているようだった。

魔剣士としての実力でも、筆記試験でも、家柄でも、そして容姿でも、フェリカは若干、エステルに劣っていた。

しかも、エステルは高飛車な自信家だが、身分を笠に着ないから人気があった。一方で、フェリカは露骨に傲慢な性格で、取り巻き以外からは嫌われている。

エステルは立ち上がり、青い瞳でフェリカを睨み返した。

「わたしは性奴隷になんてなってない！　誰があんな変態の性奴隷になんてなるもんですか！

エッチなことだって何もされていないし——ひゃっ、んんっ」

突然、エステルが甲高いあえぎ声を上げる。さすがのフェリカも驚いて目を見開いている。

そのままエステルは教室の床にうずくまり、苦しそうに息をはあはあとさせている。

「な、なにこれ……!? 身体、おかしい……」

レオンは思い当たる節があった。姉のアリアがレオンの絶対調教スキルを使われていたとき、反抗したり性奴隷であることを否定しようとすると、発作のような症状が現れたのだ。

性奴隷としての自覚をうながすためか、強く発情し、雄の身体を求めるようになるのだ。

「はうっ……ダメっ……我慢できない……」

エステルは四つん這いになり、レオンのもとへと這って歩いてくる。

動くたびに、大きな胸がゆさゆさと揺れ、男子たちはごくりと生唾を飲んでいた。

やがて、エステルはレオンの足元にひざまずくと、上目遣いにレオンを見た。

「た、助けて……。あっ、んっ……。れ、レオン様のあ、熱くて硬い肉棒で慰めてください……」

エステルがあえぎながら、レオンに懇願する。

そして、エステルは自分の口走ったことに、驚愕したようだった。

「わ、わたし、何言ってるの? ち、違うの! これはわたしの本心じゃなくて……ひゃうっ」

無意識にか、エステルは手で自分の下腹部をまさぐり慰めているようだった。発作が生じているときは、スキルの影響で精神まで性奴隷となってしまう。

だから、レオンに犯されたいというようなことを口走ったのだ。しかも、クラスメイト全員の見ている前で。

「い、いますぐなんとかして！　じゃないと、わたし、おかしくなっちゃう……！」

エステルは叫ぶように言うと、突然、レオンの下半身のものをズボンの上から触り始めた。

「ちょ、ちょっとエルミジットさん！　はしたないわ」

フェリカが顔を真っ赤にしながら叫ぶ。だが、エステルは聞こえていないようだった。

必死でレオンのズボンを脱がそうとする。

「お願い……なんでもいいから、わたしを助けて……ください」

今のエステルは、もはや公爵令嬢としてのプライドも魔剣士としての誇りもなく、ただレオンに慰められることのみを望む雌となっていたのだ。

レオンは焦った。

さすがにクラスメイトの前で、ズボンを脱いでエステルにご奉仕されるのはまずい。

レオンにだって羞恥心はあるのだ。それにエステルだって、あとで冷静になったら、恥ずかしさで死にたくなるだろう。

なんとかエステルをなだめる方法を考えたが、思いつかない。

義姉のアリアも発情したら最後、レオンに愛撫されるまでは収まりがつかない様子だった。

たぶん、エステルも同じだろう。

考えているあいだにも、エステルは制服のズボンのベルトを外してしまう。ズボンがずり落ちそうになって、レオンは慌てて手で押さえた。

「え、エルミジットさん……ここではさすがに……せめて場所を移そう」

「だ、ダメっ……いますぐじゃなきゃ……もうがまんできない……っ！」

エステルは幼いとすら言えるような、甘い声でレオンの慈悲を懇願する。

だが、そのとき、エステルは背後から、身体を羽交い締めにされた。

エステルが「きゃあっ」と悲鳴を上げる。

大柄な男子生徒がエステルの身体をまさぐろうとしていた。

「や、やめてっ！　なにするの!?」

「別に慰める相手はレオンみたいなやつでなくてもいいだろ？　オレがもっと気持ちよくしてやるぜ」

「いやあっ」

エステルは抵抗しようとするが、発情しているせいか力が入らないらしい。

男子生徒の名前はガイル・グロスター。グロスター公爵の嫡男で、粗暴で傲慢な人間だ。

魔剣士としての実力はまずまずあるし、家柄も良いので、周りは逆らえない。

「わ、わたしに手を出したら、ただじゃすまないわ！　エルミジット公爵家が黙っていない――」

「おまえ、メイドの娘なんだろ」

「なっ、なんでそれを知っているの？」

「社交界の一部では有名な話さ。正妻の子ならともかく、私生児なら手籠めにしても誰も文句は言わない。実際、そこのレオンの性奴隷にされて好き放題されたんだろ？」

「わ、わたしは……きゃあっ」

ガイルがエステルのブラウスを強引に引きちぎり、エステルのブラが露わになる。

エステルは両手で胸を隠すが、すぐにその手もどかされてしまう。

「このまま空き教室にでも連れ込んで、しこたま犯してやる……レオンのことなんて忘れるぐらいになあ？」

「い、いや……助けて……！」

そう言ったエステルは、レオンを見つめていた。

レオンなら助けてくれるだろうという期待の目だ。都合のいいことだと思う。レオンに犯されるのは嫌だと言い、性奴隷であることを否定したのに、レオンに救いを求めるとは。

だが、レオンは下半身に熱がこもるのを感じる。エステルが乱暴されそうになっているのを見て、レオンは許せなかった。それはエステルに同情しているからではない。

エステルはレオンの所有物だからだ。

「エルミジットさんを離してくれないかな。彼女は俺のものだ」

「ほーう？　落ちこぼれのレオンがオレに楯突くのか？　どうせエルミジットにもいかさまして勝ったんだろ？」

もりらしい。

「そんなことはないさ」

「なら、俺たちにも勝てるよな？」

いつのまにかガイルの取り巻き四人が集まってきていた。複数人でレオンを袋叩きにするつもりらしい。

クラスメイトのウィルとフェリカが顔を見合わせ、「風紀委員を呼んでこなきゃ……！」と慌てて去っていく。こんな形での私闘は、さすがにご法度だ。

ガイルたちは魔剣を持ち出してきていたようで、レオンに斬りかかる。レオンはさっと避けるが、丸腰だ。

「これは……決闘ということでいいのかな？」

「あ？　まあ、そうだな。オレたちが勝ったらエルミジットは慰み者にさせてもらう」

「なら、俺が勝ったら？」

「はっ、うちのメイドでもくれてやるさ」

「その言葉、忘れるなよ」

レオンは言うと、斬りかかってきた男子生徒の一人を投げ飛ばし、その剣を奪う。そして、次々に三人を斬った。魔装があるが、直撃したので、全員気を失ったようだった。

ガイルはあっけにとられていた。そして、その首にレオンは剣を突きつける。

「勝負あったね」

「ち、畜生！」

「負けを認めないなら、このまま君の首を斬る。俺のものに手を出そうとした報いだ」

「わ、わかった！　負けでいい」

レオンは剣を下ろした。所詮、こんなものか、と思う。さすがエステルは強敵だった。天才魔剣士と呼ばれるだけのことはあって、倒すのに苦労した。

だが、こんなチンピラでは、何人かかってきても、レオンの敵ではない。

「それで、君の家の美人メイドを差し出してくれるのかな」

「っ……！　くそっ、わかった」

ガイルはがっくりとうなだれた。ちょうど全寮生徒会の風紀委員がやってきて、ガイルたちを拘束する。秩序を乱し、負けたガイルたちは、しばらく懲罰房に入れられるだろう。

そして振り向くと――エステルは相変わらず発情した状態でひざまずき、よだれをたらし、はあはあと息をしていた。

エステルはレオンを見上げ、つぶやく。

「わたしは……あなたのものなんだ」

その言葉にレオンは少しどきりとする。

ともかく、レオンはひょんなことから、グロスター公爵家のメイドを性奴隷とする権利を得た。

その直後、エステルは突然、自分のブラを脱ぎ始めた。

裸の胸がさらされ、その桜色の突起が露わになる。

「え、エルミジットさん!?」

「もう我慢の限界なの……！　お願い、ちょっと胸を触ってくれるだけでいいから」

エステルは懇願する。もはやこのままエステルを放置しておくより、さっさと済ませてしまった方がエステルにとってもレオンにとってもダメージが少ない。

レオンはエステルの胸に手を伸ばし、その乳首をいじった。

「あっ、あひぃっ、ひゃうんっ……！」

たったそれだけのことで、エステルは甲高い嬌声を上げる。

スキルでかなり身体に負荷がかかっていたのだと思う。

だが、それでエステルは正気に戻ったらしい。

はっとした表情で周りを見ると、エステルは怯えたような表情を浮かべた。

「ち、違うの……！　これは……」

クラスメイトたちはひそひそとささやきあっている。「やっぱりエルミジットさん、ヤラれちゃったんだ」「しかも自分から男に媚びるようになるなんて、凛としていてかっこよかったのにな」「俺もあんな子を犯してみたいな……」

そんな声が、クラス中から聞こえてきて、エステルは絶望の表情を浮かべた。

以前の天才美少女魔剣士としてのエステルの立場は、完全に失われた。

さすがにレオンも少し同情する。

「これからが大変だね」

「誰のせいだと思っているのよ！」

「身から出た錆だと思うけどね」

「わ、わたしの人生……どんどん転落しているような気がする……」

エステルが呆然とつぶやき、それから慌てて衣服を整えた。大勢に乳首をさらし、あえぐところまで見られてしまったのだから、ショックだろう。

そこに寮長がやってくる。

「あっ、いたいた……！　もう二人とも……いくら愛し合っていても、こんなところでシたらダメだよ？」

「愛し合ってません！」

エステルが抗議するが、寮長はへらりと笑った。

「風紀委員からさすがにまずいって言われちゃったんだよね。今後、同じことが起こらないように……二人には同じ部屋で寝起きしてもらうからね」

「はぁっ!?」

エステルが素っ頓狂な声を上げる。驚いたのはレオンも同じだった。

「それはどういうことでしょう、寮長？」

「万一、エステルちゃんが発情しても、すぐそばにレオンくんがいれば慰めてあげられるでしょう？　それにスキルの効果維持には毎日中出ししてあげるのが効果的みたいだし」

「中出しなんてされてません！」

エステルが大声で叫んでから、羞恥のあまり顔を真っ赤にする。クラスメイトたちがまたひそひそとささやく。

「ともかく一番いい解決策だと思うけどな。エステルちゃんを徹底的にしつけてあげれば、反抗してスキルの副作用が発動して発情しちゃうこともないし」

「わたしはこんな男にしつけられたりしません！　同居なんてぜったいにダメなんですから……！」

そう言うと、エステルは教室から飛び出していってしまった。

レオンが肩をすくめ、寮長を見る。

「あのエルミジットさんが従うわけありませんよ」

「どうかな？　すぐにエステルちゃんの方から、レオンくんの部屋でご奉仕したいって懇願すると思うけど」

寮長はいたずらっぽく、ふふっと笑った。

†

問題はガイル・グロスターが決闘の対価として差し出すメイドだった。

一応、ガイル自身が言った決闘の条件でもある。

レオンとしても、絶対調教スキルを使う相手は多ければ多いほどいい。

姉アリアを救うためには、覚悟を決めて、スキルを使うべきだ。一度エステルに使ってしまったという事情もある。

てっきり、ガイルは不美人で年増のメイドをレオンに送ると思っていたが、そんなことはなかった。

その日の夜、ガイルが寄越したメイドは、とても可愛かった。しかもグロスター公爵に従属する男爵の家の娘だから貴族出身で、学院の生徒である。

（まあ、ガイルに手籠めにされているから処女ではないけど）

ガイルがこの少女を渡した理由を、レオンは知っていた。だが、本人は知らないらしい。

メイド服を着た彼女、リンカ・グロスターは、悔しそうにレオンを睨む。ショートカットの黒髪に黒目の小柄な彼女は、ガイルの同い年の幼馴染で、専属メイドらしい。

ちなみに黒と白のメイド服のデザインはなかなかエロい。胸元が大胆に露出し、かがめばお尻もパンツも見え放題の丈のミニスカだ。

こういう美少女メイドを他にも侍らしているらしいから、公爵の子息というのは羨ましい身分だとも思う。

ちなみにスキル発動の立会人として、今回も制服姿の寮長が部屋に来てくれている。

「レオンくん、やっとヤる気になったんだね」

寮長が嬉しそうに言う。レオンは肩をすくめ、寮長にだけ聞こえる小声でささやく。

「まあ、今回は事情が特殊です。このメイドの子の人生は……俺が関わる前に、もう終わっていますから」

「え？」

「すぐにわかります」

そして、レオンはふたたびリンカを見た。リンカはまだ15歳でこんなに可愛く、そして健気な性格なのに、その人生はすでに破滅させられている。

レオンの視線にさらされ、リンカは顔を赤らめた。

「わ、私は身も心もガイル様に捧げています！　たとえ、あなたに辱められても、心までは屈しません！」

「あんな男のことを好きなの？」

「が、ガイル様のことを悪く言わないでください！　幼馴染の私は彼の良いところをたくさん知っているんです！　いつか昔の優しい彼に戻ってくれるんだから……」

涙目でリンカは言う。

ダメ男を好きになる女性もいるというけれど、リンカはそういうタイプなのかもしれない。

「君のご主人は俺の性奴隷を無理やり手籠めにしようとしたんだよ？」

「教室で発情して男を誘うようなはしたない女が悪いんです！　きゃっ」

レオンはリンカの控えめな胸をメイド服の上から揉みしだいた。信じられない、という表情でリンカは、目を見開く。

「やめなさいっ！　いやあっ」

服の下にレオンが手を突っ込むと、リンカは悲鳴を上げた。

小柄なメイドの少女が、レオンの性奴隷になるのは時間の問題だった。

リンカは全力で抵抗するが、所詮、小柄な少女の身体では男に敵わない。

レオンはリンカの首筋を舐めると、ひっと彼女は悲鳴を上げる。

「君は俺の性奴隷のことを侮辱した。それは俺を侮辱していることにもなる。実際、エルミジットさん……いや、エステルはスキルのせいで発情しただけで、はしたない女ではないよ」

「……淫乱なメイドの娘の私生児だから、どうせ本人も淫乱に決まってます！」

「それ、君にも跳ね返ってくるよ」

主人に犯されて愛人にされたという意味では、エステルの母もリンカも変わらない。

リンカはレオンにミニスカの上から尻を撫で回され、悔しそうに唇を噛む。

「私は違います！　私はいつかガイル様の一番になって、その正式な妻になるんです」

「それは夢を見すぎだよ。俺たちみたいな身分が下の人間は、利用されるだけ利用されて捨てられるんだ」

「ガイル様はそんなことしません！」

「リンカ、現実を見た方がいいよ」

「私の名前を呼んでよいのはガイル様だけです……ひゃうっ」

レオンはリンカのメイド服を引きちぎる。その小さな胸が露わになる。

桜色の可愛らしい突起をレオンがつまむと、リンカは「きゃああっ」と悲鳴を上げた。

「乳首、つまんじゃダメですっ！　そんなにいじめないでっ！　あっ……んんっ」

レオンはリンカの唇を強引に奪った。その小さな赤い唇はとても柔らかかった。無理やり舌を絡めると、リンカが「ちゅぷっ、んんっ」とあえぐ。

そして、そのままレオンはリンカをベッドに押し倒した。

唇を解放されると、リンカがふたたびレオンを罵る。

「このレイプ魔っ！　恥を知りなさいっ！」

「ガイルが君を対価に差し出したんだよ」

「ガイル様は負けるつもりなんてなかったんです！　ガイル様だって、本当は私を手放すことは耐えられないはず……あっ」

レオンがズボンを下ろすと、リンカは目を大きく見開いた。

そそり立ったレオンのものを見て、リンカはつぶやく。

「ガイル様のより……大きい……」

そして、はっとした表情になり首を横に振る。

「が、ガイル様の方が大きくてたくましいんですから！　あなたのお粗末で汚いものなんて……怖くないんだから」

リンカの言っていることは嘘だ。明らかに怯えた表情をしている。

そのリンカに、レオンは絶対調教スキルの発動条件を説明した。

つまり、リンカが自分でレオンのペニスに奉仕すれば、犯されることは免れる。レオンとしてはスキルを発動させることが一番の目的なのだから。

だが、リンカは激しい憎悪に燃える目でレオンを睨んだ。

「そんなことするわけありません！　私はガイル様を裏切ったりしないんですから！　あっ……」

レオンは強引にリンカのミニスカの下に手を突っ込み、純白のショーツを奪い取ってしまう。

リンカは必死でミニスカの裾を押さえるが、無駄だった。

スカートをめくられ、リンカの秘所が露わになる。すでに控えめな乳房も露出しているから、メイド服はぼろぼろになっていた。

口での奉仕をしてくれないなら、結局のところ、犯して膣内射精するしかない。

リンカにだって、事情は説明したのだから、わかっていたはずだ。

だが、今になってリンカは恐怖に顔をひきつらせていた。

「や、やだっ！　そんな大きなの入るわけない！」

「恨むなら、ガイルを恨んでよ」

「いやっ、やめて！」

じたばたとリンカが暴れる。小柄な彼女でも、全力で抵抗されると少し面倒だ。

レオンは寮長をちらりと見た。寮長は顔を真っ赤にしている。寮長自身は処女だし、他人が最後までするのを見るのも初めてだから、うろたえているようだった。

「寮長、すみませんが、リンカの手を少し押さえておいてください」

「え？　で、でも……」

「お願いします」

寮長は言われるがまま、リンカの腕を押さえる。

それでリンカは抵抗できなくなってしまう。

レオンはリンカに覆いかぶさり、両手で胸をつかんだ。

すでにびんびんに立った乳首をレオンはいじる。

「ひうっ……」

「胸、小さいよね」

「あなたに言われたくない！」

「ガイルにだってよく言われただろ？」

「そ、それは……あっ、ダメっ！」

「ガイルも胸が大きな子の方が好きだから、君は飽きられたんじゃない？」

「違うっ！　そんなこと……あっ、ダメダメダメっ！　ガイル様以外の人となんてしたくない！」

レオンのものをリンカの膣口にこすりつけると、リンカはひっと息を呑んだ。

「助けてっ、ガイル様、お父様……お姉ちゃん！」

姉がいるのか、とレオンは思う。義姉のアリアと自分のことを思い出す。

だが、同情はしない。レオンの姉を救うために、リンカを犯すのは必要なことだった。

そして、レオンがいなくても、リンカは破滅していた。その残酷な真実をレオンはリンカに告げなければいけない。

リンカはぽろぽろと涙をこぼす。

「わ、私、妊娠２ヶ月なんです。お腹の中、ガイル様の子供もいるのに……」

「知っているよ。だから、君はガイルに捨てられたんだ」

「え？　それって……。あっ、やだやだっ！　入れないで……！　あっ、いやあああああああっ」

レオンは真実のすべてを告げる前に、自らの大きなものでリンカを無慈悲に貫いた。

秘所を貫通され、リンカは息もできない様子で身体をのけぞらせる。

よほどガイルのものよりも、レオンのものの方が大きいらしい。他人と比較することなんてないし、処女だったアリアしか犯したことがないから、レオンは知らなかった。

「あっ、ひっ……んんっ！　ああああああっ」

レオンに突かれるたびに、リンカは激しく反応する。

そのリンカの身体を蹂躙しながら、レオンはリンカの耳元でささやく。

「ガイルは言ってたよ。ガキを孕んだメイドなんていらないって」

「そんなの嘘ですっ！　あんっ、あひいっ」

「それに、幼馴染だからっていろいろと馴れ馴れしく接してくるのもうざいって言ってたっけ」

リンカはガイルのメイドであるとともに、幼馴染でもある。一応、貴族令嬢だ。

だから、リンカはガイルが昔の優しいガイルに戻るように、いろいろと努力したらしい。忠告したり、ときには諫言したり……。

健気だと思う。

だが、そのことがガイルの不興を買った。

「『女は大人しく犯されていればいい』っていうのがガイルの考えだからね。君は……見捨てられたんだ」

「そんなわけないっ！　ガイル様だって、私のことを愛してくれているはず……！」

「じゃあ、なんで他のメイドじゃなくて、君を俺に渡したのかな？」

「そ、それは……」

リンカの目から反抗的な色が消え、急速に絶望へと染まっていく。心のなかではリンカもわかっていたのだろう。

ガイルはリンカを愛していない。ガイルはリンカを疎んじている。そして、ガイルにとって、もはやリンカは必要ないし、お腹の子供のこともどうでもいい。

それが真実だ。

さらに裏がある。ガイルは言っていたが、もともとリンカを娼館に売り払うつもりだったらしい。そして、その金を貧窮したリンカの父と山分けして、遊ぶ金に使うつもりだったとか。

そんなとき俺に差し出すメイドが必要になったので、リンカを差し出したらしい。リンカの父も同じだけの金をガイルから受け取る条件で同意済みだ。

つまり、リンカは主人にも父にも見捨てられたのだ。

もう、リンカの人生は破滅している。

レオンがそのことを告げると、リンカは……壊れてしまった。

「嘘っ！　嘘っ！　私はガイル様に愛されてる！　私は必要とされているの！　あっ、あああああああっ」

「娼館に送られれば、一生、複数の男に慰み者にされる生活が待ってる。ガイルの子は処分され、誰の子かわからない子を孕まされた挙げ句、病気で死ぬかもしれない」

「そんなの、いやですっ……あっ……」

「だけど、俺の性奴隷になれば、リンカを今までどおり学院にも通わせるし、お腹の子供もちゃんと育てられるようにする」

「で、でも……あっ、ひうっ⁉　お、大きくなってる……！」

レオンのものが怒張し、リンカの膣内をえぐる。リンカがひときわ甲高い声で「あひいっっっ！」とあえぐ。

「さあ、どちらがいい？」

「わ、私は……レオン様の性奴隷になりますうっっ！　だ、だから、中出しだけは許して……」

「精液を注がないと、性奴隷にできないスキルなんだよ」

「や、やだっ！　そんな奥を突かないで！　子宮にはガイル様の赤ちゃんいるのに、あっ、あああああっ。私の子宮、汚さないでえええっ！　あああああああっ」

リンカが身体をびくんとのけぞらせ、そしてレオンのものが脈動し、リンカの子宮へと子種をどくどくと送り込む。

リンカは逃げることもできず、レオンの精液を受け入れていた。やがて事が終わり、レオンが引き抜くと、リンカの秘所から白濁液が溢れてくる。

そして、リンカの下腹部に赤い淫紋が刻まれた。子宮をかたどるようなその模様は、リンカがレオンの性奴隷になった証だった。

リンカは気を失っている。

目的の半分は達せられた。だが、もう半分が残っている。

グロスター公爵家は姉の仇・反帝政派とつながっているらしい。だから、リンカからその情報を聞き出す必要があった。

スキルを使って聞き出すこともできるはずだ。姉を取り戻すためには手段を選んでいられない。

だが、間が悪いことに部屋の扉をノックする音が聞こえた。

鍵を締めていなかったから、来訪者によって扉はあっさりと開けられる。

「ランカスターくん、いる……？　あの、昼間、助けてもらったお礼を言いたくて……」

そこにいたのは、恥ずかしそうな顔をした、ピンクの寝間着姿のエステルだった。

†

エステルは、全裸のレオンと、寮長を見比べ、目を大きく見開いた。そして、その二人のあいだに、メイドの少女がぼろぼろの服で横たわり、白濁液で秘所を汚しているのに気づき、

「きゃあああっ！」と悲鳴を上げてしまう。

レオンに少女が犯されたのは間違いない。

(少しはかっこいいと思ったのに、強くてすごいと思ったのに……！　結局レイプ魔じゃない！)

エステルはそんなことを考えながら、背を向けて逃げ出そうとする。

だが、部屋から出る前に、背後から裸のレオンに抱きすくめられてしまう。

「ひっ……」

エステルは息を呑む。レオンの手はエステルの腹部に回されていた。

恐怖と同時に、なぜか胸が高鳴る。

「誤解だよ、エルミジットさん」

耳元でレオンがささやき、どきりとする。

「ど、どこが誤解なの!?　あの可哀想な子をレイプしたんでしょ!?」

「違うよ。ほら、寮長も立ち会っているんだから。ガイルが差し出してきたメイドを、決闘の

条件として性奴隷にしただけだ」

「で、でも……あの子は嫌がってたんじゃない？」

「自分から性奴隷になるってうなずいてくれたよ。そうでなければ、あの子は破滅していたから」

あのメイドの子が主人のガイルによって妊娠させられ、そして娼館に売られそうになっていたという経緯を聞き、エステルは驚き憤慨する。

ガイルは女性を何だと思っているのだろう？　結果的にあのメイドの子がレオンに救われたのは確かだ。

そして、一歩間違えば、そのガイルたちに、エステルは慰み者とされていたのだ。

（そうならなかったのは……こいつのおかげよね）

エステルがレオンに救われたのは事実だった。エステルはレオンを振り返り、ちらりと見る。

レオンは地味なタイプだけれど、よく見ると顔立ちは整っている。それに鍛えているからか、身体もほっそりとしているのに筋肉質だ。

そして、もっとも重要なのは、エステルよりも強い同年代の少年なんて初めて会ったということだ。

「ねえ、昼間はありがとね」

エステルは自然とそんなことをつぶやく。もともとお礼を言いにこの部屋にはやってきたのだ。

「どういたしまして。少しは俺のことを嫌いではなくなった？」

「嫌いよ。大嫌い……でも……」

その続きをエステルは言うことができなかった。この少年は、他の誰よりもエステルのなかに最も強烈に存在していた。

なんといっても、自分を負かし、性奴隷にした相手なのだから。

けれど、エステルは心に決めていた。

「わたしは……あなたの性奴隷になんてならないわ」

途端に絶対調教スキルの呪いが発動する。性奴隷であることを否定すると、このスキルは自動的に対象者に性奴隷だと教え込もうとするのだ。

脳がしびれるような感覚が襲い、途端に自分が雌だと自覚させられる。

はぁはぁとエステルは荒く息をする。

（この男が欲しい。犯されたい……お〇んちんがほしいのっ！）

頭のなかで自分の声が鳴り響く。昼間の教室と同じだ。

あのときはこの呪いに勝てなかった。

だが、エステルはそんな自分の性欲を抑え込む。

「ど、どうよ？　あんたのスキルなんて、わたしには効かないんだから！」

「た、大した精神力だね……あのアリア姉さんだって抗えなかったのに」

レオンはかなり驚いた様子だった。エステルは嬉しくなる。

あのレオンの上を行った、と思ったのだ。そして、エステルは自分がレオンを強烈に意識していることに気づく。

（でも、これで大丈夫……のはず。もうスキルなんて怖くない……）

エステルがそう自分に言い聞かせると同時に――レオンの手がエステルの胸を揉んだ。

「あっ、いやあああああああっ！　だ、ダメダメっ！　我慢できなくなっちゃう！」

ただ胸を触られただけで、激しい快楽が脳を貫く。

レオンの手が止まったので、エステルはほっとする。まだ、なんとか立て直せる。

だが、レオンの手が止まったのはエステルのピンクのパジャマを脱がすためだった。

レオンがボタンを外していくのを、エステルは見ていることしかできなかった。

スキルの呪いと溢れ出す性欲と戦うのに必死だったからだ。

やがてレオンはパジャマの前を開けると、下着の上から胸を鷲掴みにする。

エステルは「あうっ」と甲高い悲鳴を上げた。

「こんな格好で部屋に来て、本当はこういうことをしてほしかったんじゃない？」

「違うっ！　そんなことない……あっ、ダメえっ」

エステルは必死で抵抗しようとする。せっかくスキルに打ち勝ったと思ったのに、ちょっと愛撫されただけで陥落するなんて、自分のことが許せなくなってしまう。

（ま、まだ大丈夫……まだ……）

だが、そのときレオンは急にエステルから手を放し、解放した。驚いたエステルがレオンを振り向き——。

そして、レオンはエステルの唇にキスをした。

(き、キス!? は、初めてなのに……!)

でも、そのキスはなぜかとても気持ちよくて。

そして、エステルの理性は崩壊した。

†

レオンはエステルの唇を強引に奪う。クラスメイトの美少女とキスをすることができるなんて、少し前なら予想もできなかった。

不意打ちのキスによってエステルはついに抵抗できなくなったらしい。レオンの目の前で、エステルは崩れるように床に倒れ込んだ。

そして、荒い息遣いでレオンのものを物欲しそうに見つめる。

エステルはその白くてほっそりとした脚を投げ出すと、パジャマのズボンの上から下腹部を指し示す。

「れ、レオン様のお○んちん、こ、ここに突っ込んでください! は、早く……! っ! い、いやっ、わたし、何言ってるの……? あっ、もう我慢できない……!」

エステルの姿はとても淫靡だった。あれほど優秀で、天才と言われていた美少女が、上半身裸のあられもない姿でレオンのものをねだっている。

結局、エステルはスキルに打ち勝てなかった。ここでレオンがエステルを強引に犯せば、その事実は動かなくなる。

だが、そのとき、エステルは完全に精神を崩壊させてしまうかもしれない。

クズ男にすでに孕まされ家族にも捨てられたリンカは、もはやレオンなしでは生きられない。

だが、処女で将来有望な公爵令嬢エステルでは事情が違う。

レオンはいまだにエステルを犯すことに抵抗があった。

だから、代わりにレオンはベッドに腰掛け、エステルに命じる。

「自分が気持ちよくなりたいなら、その前に俺のものをお掃除してよ」

「はっ、はい！　わかりました……」

エステルはひざまずくとレオンのペニスにちゅっとキスをする。そして、ぺろぺろと舐め始めた。

だが、さっきしたばかりのレオンのものはそれ以上大きくならない。

「ちゅぷっ、んんっ。……せいえき、ほしいのに」

幼い口調でエステルが言う。そんなエステルの姿に、レオンはつい我慢できなくなる。

「なら、工夫してよ」

「え？」

「その胸を使えば？」

エステルは顔を赤くする。羞恥心をすべて失ったわけではないらしい。

だが、エステルはレオンの提案に従ってしまった。

その大きな乳房で、レオンのものを挟み込む。その大きさを強調するように、エステルが両手で胸を上下させる。

柔らかい感触がレオンのものを刺激する。エステルの桜色の乳首もびんびんに立っていて、興奮していることがわかった。

「これ……思ったより恥ずかしい」

言いながらもエステルはレオンのものを刺激するのをやめなかった。今度は圧迫するように左右から乳房を寄せる。

そして、レオンのものの先端を唇で同時に刺激した。

(こ、これは……搾り取られる……!)

次の瞬間、レオンは切なくなるような衝動に襲われ、そしてレオンのものが暴発する。エステルの顔に、大量の白濁液がかかる。

「あっ……」

エステルは顔をレオンの欲望の跡で汚し、そして嬉しそうな顔をした。

「レオン様の精液……」

うっとりとした表情で言ったエステルは、やがてしだいに正気に戻ってきたらしい。

スキルの効果が切れたのだ。

顔を真っ赤にして、エステルはレオンを睨む。

「ご、誤解しないで！　あれはスキルのせいで……」

「奉仕してくれてありがとう。お礼をするよ」

「お、お礼って……？　あっ、ダメっ、乳首つままないで！　あっ、あああああっ」

スキルは切れても、エステルは敏感なままで、それだけのことでのけぞるほどの快感を得たらしい。

きゅっきゅっと乳首をいじめるたびに、エステルはびくんびくんと震えている。

意識を取り戻したメイドのリンカ、そして寮長の二人が、頬を紅潮させ、少し羨ましそうに、レオンとエステルを見つめていた。

†

翌日の朝。教室でのエステルは、恥ずかしくてレオンと顔を合わせることもできないようだった。

犯されてこそいないが、レオンの手で何度も乱れてしまったのだから、屈辱なのだろう。

制服姿のエステルに、昨日の痴態をさらしたエステルが重なり、レオンは慌てて視線をそらした。

お互い、教室ではあまり関わらない方がよさそうだ。スキルが暴発するおそれがある。

そのとき、教室の扉が開き、教師が入ってきた。その後ろに一人の少女がついている。

ツインテールの銀髪に翡翠色の目をした、小柄な少女だ。だが、胸は大きくて、そして顔立ちもエステルと同じぐらい整っている。

その少女のことをレオンはよく知っていて、驚きのあまり椅子から転げ落ちそうになる。

彼女のぱっちりとした目は明るく輝き、可憐で人懐っこそうな笑みを浮かべている。

「転入生のルナ・ランカスターです。そして、レオンお兄様の妹なのでよろしくお願いしますね♪」

ルナは――そう言って、ふふっと笑った。

彼女はレオンの妹ではない。

七大貴族・ランカスター公爵家の嫡流。現当主の次女だった。

第四章　自称妹のルナvs性奴隷のエステル

エルミジット、グロスター、カンバーランド、ヨーク、エクセター、クラレンス、そしてランカスター。

この七つの公爵家は、その家系をたどると帝室まで遡れる名門だ。総称して七大貴族という。

ガイルはグロスター公爵家嫡流だし、エステルも私生児とはいえエルミジット公爵家の娘だ。

そして、転入生ルナもランカスター公爵の娘。ガイルやエステルと同じ、いやそれ以上の超名門貴族だ。

そのルナ・ランカスターが、レオンを「兄」と呼んだ。

ウィルたちクラスメイトがざわめく。エステルも目を見開いていた。

「あなたって、実は名家の隠し子だったのかしら？」

クラスメイトの侯爵令嬢フェリカが、すぐ目の前の席からこちらを振り返り、真紅の目でレオンを睨む。

なにせフェリカは身分意識が強く、平民のレオンを見下していた。もっとも他の女子はレオンの絶対調教スキルを恐れ、近くの席に座ることすら嫌がっている。ちなみにこれまでは、ほとんど話しかけられたことはない。

レオンは肩をすくめ、フェリカの問いに答える。

「そんなわけないさ。俺とあの子は兄妹じゃない」

たしかにレオンの姓はランカスターだが、ランカスター公爵家との血の繋がりは薄い。四代前の先祖は公爵家の人間だが、傍流なのでとっくの昔に貴族ではなくなっている。

父は魔剣士としては高名ではあるものの、一代限りの騎士爵を受けているだけの平民だ。

「なら、どうしてランカスター公爵の娘が貴方を兄と呼ぶのです？」

「まあ、理由がないわけじゃないけれど」

小柄なルナは弾むような足取りで、レオンの方へと近づいてくる。

そして、隣の空席にちゃっかりと座ってしまう。ルナはえへへと笑い、銀色の髪が揺れた。

「よろしくお願いしますね、お兄様♪　そうそう。あたし、飛び級で編入したんですよ。すごいでしょ!?　褒めて褒めて！」

「それは、すごいね」

「心がこもってなーい！　あたしたち、一緒にアリアお姉ちゃんのもとで学んだ仲じゃないですかー。もっと優しくしてくれてもいいのに」

くすくすっとルナは笑う。

そう。レオンとルナは、幼い頃、ともに天才魔剣士アリアのもとで訓練を受けた。

ランカスター本家は、傍流の家の養女の評判を聞きつけ、次女であるルナの家庭教師に雇ったのだ。

もちろん、アリアは多忙だったから、それほど多くの時間を割けたわけではない。それに、ルナには他にも家庭教師がたくさんいた。

だが、ルナは天才美少女のアリアに強く憧れていた。「アリアお姉ちゃんみたいになりたい」というのが、その頃のルナの口癖だったと思う。そんなルナをアリアもとても可愛がっていた。そして、レオンもアリアと一緒にランカスター公爵家を訪れ、ルナと一緒にアリアから訓練を受けていたのだ。その頃のルナは、レオンにも好意的だった。

あくまで憧れの人の弟、という立場だが、ルナは絶対調教スキルのことも気にしないでくれるいい子だったのだ。

レオンは剣技が得意だったから、ルナは翡翠色の目をきらきらとさせ「レオンお兄ちゃんってすごいね！」と言ってくれた。

たしかに、あの頃のルナはレオンを兄と呼んでいた。遠い遠い親戚で同じ家名だから、ルナはアリアとレオンを姉と兄のように慕っていたのだ。

そのままだったら、身分差があっても、二人は親しい幼馴染、あるいは兄妹のようになれていたかもしれない。

けれど、アリアとレオンは反帝政派にさらわれ、そこで二人の関係は終わった。当のアリアは行方不明だし、もちろんルナの家庭教師は続けられない。

レオンはルナと会わないまま、三年が経った。目の前の14歳のルナは以前よりもかなり女性らしくなっていた。

年齢の割に大きな胸が、制服のブラウスを押し上げている。しかも、サイズがあっていないのか、それともわざとなのか、胸の谷間がちらりと見えている。

レオンの視線は思わず、ルナの白い谷間に引き寄せられた。すると、ルナが両手でその谷間を隠し、顔を赤くする。

「お兄様のエッチ……！」

ルナがよく通るきれいな声で言う。クラスメイトが一斉にこちらを振り向いた。

ますますレオンの立場が悪くなる。いや、クラスの聖女様を性奴隷にした時点で、これ以上悪くなる評判などないかもしれないが。

ルナは席を立つと、わざとらしくレオンにしなだれかかった。そして、その乳房をレオンの胸に押し付ける。

レオンはどきりとした。かつての幼いルナと、今のルナが重なる。

ルナはレオンの耳元で、急に声を潜めた。

「あたしのこともあのスキルで性奴隷にして犯すつもりですか？」

「そ、そんなつもりはないよ」

「でも、レオンお兄様は大事なアリアお姉ちゃんをレイプしたじゃないですか。何度もお〇んちんをつっこんで、性奴隷として妊娠させてしまった鬼畜なんですよね」

ルナはふふっと笑い、レオンの耳に甘い息を吹きかけた。

ともかく、アリアのことは教室で話すようなことではない。

朝の一限目から教師の体調不良で自習になったのをいいことに、レオンはルナを連れ出すことにした。

手をつかむと、ルナが顔を赤くする。

「いやんっ、お兄様にエッチなことをされちゃうんですね♪」

「……お願いだから黙っていてよ」

そんなレオンとルナを、エステルは複雑そうな表情で見つめていた。レオンが振り返ると、エステルと目が合う。

エステルは顔を赤くして、慌てた様子で目をそらした。

(どうしたんだろう……？)

レオンはエステルの普段とは異なる様子が気になったが、今はルナが優先だ。

ルナを連れて、レオンは廊下の端の物置へと連れ込む。近くにあって静かに話せる場所がそこだけだったからだが、薄暗く狭い物置で二人きり。

たしかに恋人同士なら、エロい雰囲気になるかもしれない。

「やっぱり、あたしをレイプしちゃいます？」

「襲ったりしないよ」

「どうしてですか？　それでお兄様は強くなれるんですよね？」

「だからって、誰彼構わずひどいことをしたりはしない」

エステルは決闘に負けたから、リンカはすでに破滅していたから、レオンは二人を性奴隷にした。

けれど、理由もなく女の子を性奴隷にしたりするような真似はしない。

ルナは首を横に振った。

「わかりませんね。レオンお兄様にとって、いちばん大事なことはなんですか？」

「いちばん大事なこと……？　それは……アリア姉さんを助けることだ」

「なら、お兄様は片っ端から女の子を襲って性奴隷にして、強くなるべきです。残忍な反帝政派から大事な姉を取り戻したいなら、手段は選んでいられないでしょう？」

「それは……そうだけど」

「なのに、お兄様はこれまでほとんどスキルを使っていないんですよね？」

「誰から聞いたの……？」

「金獅子寮の寮長さんです。あっ、あたしも同じ寮ですから、よろしくお願いしますね」

金獅子寮は、八つあるアレスフォード帝国防衛学院の寮の中でも名門だ。エステルのような大貴族の娘はもちろん、他国の王女まで在籍している。

ランカスター公爵の娘のルナが、金獅子寮に住むのも納得はできる。

「いつお兄様に襲われてもいいように、同じ寮にしたんですよ！」

「か、からかわないでくれるかな。俺が本気にしたらどうするのさ」

「本気にしてくれていいんですよ」

「え？」

小柄なルナは、レオンを上目遣いに見る。

そして、制服のスカートの裾を両手で持ち上げた。

派手な赤いショーツが丸見えになる。14歳の少女のほっそりとした白い脚に、レオンは目を奪われた。

「る、ルナ……！」

「あっ、やっと名前、呼んでくれましたね？」

「そんなはしたない真似はしたらダメだ」

「そう。あたしは、淑女な貴族令嬢ではありません。はしたない女なんです。お兄様を誘っているんですから。……お兄様は利用できるものは利用すべきです。もちろん、あたしも例外ではありません」

それはつまり、レオンがルナを犯して性奴隷にするべきということだろう。ルナは才能ある魔剣士だったから、彼女を性奴隷にすれば、きっと絶対調教スキルはかなりの効果を発揮するはずだ。

だが――。

「そんなことできないよ。君は……アリア姉さんの大事な教え子だ」

「そのアリアお姉ちゃんを犯したのに、あたしのことは犯せないんですか？」

「アリア姉さんに……ひどいことをしてしまったのは、強制されたからだ。でも、俺は君を性奴隷にする理由がない」

「理由なら、ありますよ。あたしもアリアお姉ちゃんのことを助けたいんです。だって、憧れの人だったから」

ルナは静かに言う。昔のルナはアリアに強く憧れていた。そのアリアを救いたいと願うのは、当然だろう。

「あたしとレオンお兄様は、利害が一致しています。アリアお姉ちゃんを助けるために、お兄様はあたしを性奴隷にすればいいんです」

「後悔するよ。俺の性奴隷になったアリア姉さんは……俺に逆らうたびに発情して、精神までおかしくなって、俺に奉仕することしか考えられなくなった。それでもいいの？」

「あたしは……むしろ大歓迎です」

「ど、どういうこと？」

「こういうことです」

ルナは自分のスカートから手を放すと、突然、レオンの上着の袖を引っ張る。とっさのことでレオンはバランスを崩し、前かがみになった。

そこにルナが背を伸ばし――レオンの唇にちゅっとキスをした。

レオンは衝撃で固まる。そして、ルナはふふっと笑うが、その顔は真っ赤だった。

「あたし、レオンお兄様のことが昔から大好きだったんです。知りませんでした？」

レオンは驚き、うろたえた。

実のところ、義姉のアリアを妊娠させ、公爵令嬢エステルからは何度もペニスに奉仕され、メイドのリンカは強引に犯したけれど、女の子に告白されたことは経験がなかった。

だから、ルナの告白にすごく動揺してしまったのだ。

「な、なんで俺のことを……？」

「女の子が年上の男の子を好きになるのに、理由がいりますか？」

そして、ルナは銀色の髪をかき上げ、それからレオンに抱きつこうとした。

なぜかレオンはそれを避けてしまう。恥ずかしかったのだ。

だが、結果としてルナが体勢を崩し、倒れそうになり「きゃあっ」と悲鳴を上げた。

慌ててレオンはルナを抱きとめるが、勢い余って押し倒してしまう。

幸い物置には、ボロ布のようなものが床に落ちていて、衝撃をやわらげてくれる。

だが――。

「あっ……んっ」

仰向けのルナが恥ずかしそうに身をよじる。その頬は羞恥で赤く染まっていた。

なぜなら、レオンの右手が、ルナの乳房に重ねられていたからだ。

「お兄様の……エッチ」

「わ、わざとじゃないよ？」

「誰に言い訳しているんですか？　あたしは……わざとでもいいのに」

そして、ルナはレオンの右手に自分の小さな左手を重ねた。

つまり、レオンがルナの胸をむぎゅっと押さえる形になる。

身体は小さいのに、ルナの胸はかなりの質感がある。とても14歳の少女とは思えない。

スタイル抜群のエステルと同じか、あるいはそれ以上のサイズがある。

「今、あたしの胸を誰かのと比べていませんでした？」

昔からそうだったけれど、ルナは驚くほど勘が鋭い。

「あのエステルって子ですか？」

「どうしてわかったの？」

「あっ、やっぱり比べてたんですね……お兄様ってば、ほんとにエッチ。あの子のこと、性奴隷にしたんでしょう？」

「そうだね。俺は彼女に決闘で勝ったから……その対価だよ。本当はエルミジットさんにも悪いとは思ってる」

「お兄様は何も悪くないです。当然の権利ですよね？　お兄様はどんどん女の子を性奴隷にしていくべきなんです。でも……どうせなら……」

「どうせなら？」

「あたしがお兄様の最初の性奴隷になりたかったなって思ったんです」

ルナが頬を膨らませる。その瞳には嫉妬のような色が浮かんでいた。

「あたしの方が、きっとあの子よりお兄様を満足させられるんですから」

くすりとルナが笑う。その表情が可愛くて、レオンは一瞬、見とれた。

昔からルナは可愛かったが、今は誰もが目を引く美少女だ。

そんな子が、レオンに押し倒され、性奴隷になりたいなんて言っている。

「……あまり挑発されると、俺が本気にして襲っちゃうよ」

「何度も言ってますけど、襲ってくれていいんですよ？」

からかうようにルナは言う。少し脅かさないと、ルナの態度は変わらなそうだ。

レオンはルナの手を振り払うと、今度は両手でルナの胸を鷲掴みにした。「ひうっ」とルナが悲鳴を上げる。

「あっ、そんないきなりっ……お兄様っ！」

ルナが嬌声を上げる。そのマシュマロのような胸を、レオンは好き放題にまさぐった。

制服のブラウスの上からでも、その揉み心地はとても心地よかった。ぶるんぶるんとルナの胸は揺れ、ルナは「あっ、ああっ」とあえぐだけの存在になっていた。

このままルナの服を脱がし、その秘所に自分のものを入れれば、どれほど気持ちいいだろう。

けれど、レオンはルナの胸を揉む手を止めた。

「そうやって男を誘うようなことをすると、こんなふうにされるわけだよ。わかった？」

「わ、わかってます。でも、あたしが誘ったのは男ではなくて、お兄様ですよ？」

さすがのルナも胸を弄ばれたときはうろたえていたようだが、今はまた余裕を取り戻している。

「このまま、あたしを犯して、性奴隷にしてください♪」

「それはできないよ。スキルの発動には立会人がいるから……」

「なら、これからあたしたちがするのはただのセックスですね！」

「そんなこと大声で言わないでよ……」

「ここにはあたしたちしかいないんですから、いいでしょう？　えっと……初めてですから、優しくしてくださいね」

急にルナは気弱そうに、レオンを上目遣いに見つめた。その翡翠色の瞳はレオンを甘えるように見つめている。

（その表情は反則だ……）

そのままだったら、レオンは本当に欲望のままにルナを犯していたかもしれない。

だが――。

「あなたたち……な、なにしているの!?」

悲鳴のような、けれどきれいに澄んだ声にレオンは驚いて、物置の入り口を振り向く。

そこにいたのは、すでにレオンの性奴隷となった公爵令嬢だった。

エステルは、レオンとルナを激しい怒りの表情で見つめていた。

（もしかして……）

そう。

エステルが嫉妬しているように、レオンには見えたのだ。

「やっぱり最低っ！　妹にエッチなことをするなんて……」

エステルは顔を真っ赤にしてつぶやいた。たしかにエステルの視点から見れば、レオンがルナを押し倒してその胸を鷲掴みにしているようにしか見えないだろう。

レオンは慌ててルナから離れようとするが、ルナは仰向けのままレオンの背中に手を回し、ぎゅっと抱きしめてしまう。

「逃しませんよ、お兄様？」

「で、でも、エルミジットさんが見ている……」

「いい機会ですね」

ルナは小声で言うと、急に声を張り上げた。

「エルミジットさん！　ちょうどよいところにお越しくださいました！　あたしがレオンお兄様の性奴隷になる立会人をしてくださいませんか？」

「わ、わたしがそんなことをするわけないじゃない！　早く離れなさいよ！」

「嫌でーす。もしかして、嫉妬しているんですか？」

「なっ……！　そんなわけないじゃない！　わたしはこんな男のことでヤキモチ焼いたりしないんだから！」

「ふうん、本当ですかね」

「性奴隷になるなんてふしだらなこと、認めないだけよ」

「そういうエルミジットさん自身も性奴隷なんですよね？　レオンお兄様とエッチなこと、たくさんしたんでしょ？」

「わ、わたしは強制されて仕方なく性奴隷になったの！　今でもこいつの性奴隷になったことなんて、認めていないんだからー！」

エステルは叫んでから、はっとした表情を浮かべた。感情のまま叫んだけれど、まずいことに気づいたのだろう。

意外とエステルはポンコツなのかもしれない。

絶対調教スキルの副作用が発動してしまった。

「っ……！　ほ、他の女の子が見ている前でスキルが発動しちゃう……！　や、やだっ」

エステルがうずくまって、必死に性欲を抑えようとする。レオンはそこに駆け寄った。

「だ、大丈夫……？　エルミジットさん？」

「あ、あなたのせいでしょ！　なんとかしなさいよ……」

エステルは言葉と裏腹に、顔を真っ赤にしてはぁはぁと息遣いが荒い。

レオンの股間を物欲しそうに見つめている。このままだとスキルに呑まれるのは時間の問題だ。

そこで、レオンは身をかがめ、エステルの胸を揉んだ。

「な、なにしてるのっ!?」

「こうしないとスキルの副作用が収まらないと思って……」

「な、なんとか抑えられそうだったのに……あうっ」

エステルは胸を愛撫され、満足するどころか、ますます発情してしまったようだった。

結局、エステルは完全に絶対調教スキルに支配されてしまった。

「れ、レオン様のお○んちんがないと、収まらないですっ！」

そして、レオンのズボンのベルトをガチャガチャと音を立ててはずす。エステルはレオンのパンツまで脱がしてしまった。

レオンのものはさっきまでルナに挑発されすぎて、すでに大きくなっていた。

そこにエステルはむしゃぶりつく。

「ちゅぷっ……あっ、んんっ……レオン様の熱くて硬いもの、とても美味しいです……」

うっとりとした表情でエステルは言い、そして、レオンのものを刺激し続ける。

以前より上手くなっている気がする。すっかり性奴隷が板についてきたのだろう。

そこに起き上がったルナもやってきた。ルナは顔は真っ赤で動揺していた。

「あ、あんな大きなものが……あたしの中に入るんですか？」

口では過激なことを言っても、ルナも男性経験のない処女の14歳らしい。

だが、ルナは恥ずかしそうにしながらも、レオンの前にひざまずく。そして、意を決したように赤い唇をレオンのものに近づけ、ちゅっとキスをした。

そして、小さな舌を出し、エステルと一緒にレオンのものを舐め始めた。左側にエステル、右側にルナがいて、二人はレオンを見上げる格好で奉仕している。

「ちゅっ……んっ……これが男の人の……ううん、レオンお兄様のもの……」

ルナは顔を真っ赤にしながらも、レオンのペニスに熱心にぺろぺろしていた。

ブレザーの制服美少女二人が、レオンのものに奉仕している。

しかも二人とも公爵令嬢なのだ。目の前では二人の大きな双丘が、奉仕のたびにゆさゆさ揺れているのだ。

　レオンはくらりとめまいがするほどの興奮を感じ、そして、つい左手でエステルの胸を、右手でルナの胸を触ってしまう。

「あっ……」「お兄様のエッチ……」

　どちらも巨乳でほとんど大きさは変わらないけれど、触り心地が違うなと思う。

　そして、二人はレオンのものを、手を使ったり口に含んだりしながら、争うように刺激していった。

　すぐにレオンのものは限界になる。

　怒張したレオンのものは、どくんと震え、二人の少女に白い欲望の跡を吐き出したのだ。

　エステルとルナは精液で顔を汚し、さらに制服の胸元にまでかかってしまう。

　エステルはスキルの効果が消えたのか、ぐったりと床に倒れ込む。一方、ルナはレオンの精液を顔から指先でぬぐうと、ぺろりと舐めた。

　量が少ないから絶対調教スキルが発動するほどではないが、その可憐で淫靡な仕草にどきりとする。

「ふふっ……お兄様の味がします」

「ルナ……」

「あたしは『はしたない女』だと言ったでしょう？　あれは意味があるんです」

「意味……？」

「あたしもお兄様と同じなんです。スキルのせいで、公爵家からは追放されちゃいました」

「え？　そうなの？」

そのスキルとは何なのか。ルナは翡翠色の瞳でまっすぐにレオンを見つめる。

「あたしのスキルは〈精液強化〉。つまり、男の人の精液を体内に取り入れれば取り入れるほど、強くなる。お兄様と対となるスキルなんです」

ルナはそんなふうに自分のスキルのことを語り、幼い顔立ちに妖艶な笑みを浮かべた。

†

ガイル・グロスターは苛立っていた。

落ちこぼれの平民風情、しかも絶対調教なんてふざけたスキルを持った男に、負けたからだ。

結果、エステル・エルミジットに乱暴を働こうとし、私闘を行った罪で半日ほど懲罰房に入れられた。

しかも、昔から自分に仕えていたメイド・リンカを差し出す羽目にもなった。

「くそっ」

舌打ちをし、それから目の前の若い女性の胸を背後から鷲掴みにした。

四つん這いで全裸の彼女は、地下牢の床に手をつきながら、「ああっ」と切なそうにあえぐ。

その女性の名前はセシリア・ブラウン。黒髪黒目で、19歳の美しくスタイル抜群の女性だ。

少女と大人の女性両方の魅力を備えた彼女は……この男子寮・黒鷲寮のすべての男の共有物

だった。

大きな胸を揉みしだかれ、セシリアは歓喜の声を上げる。

「あうっ……も、もっと……いじめてください。ご主人さま……」

「平民出身の天才女魔剣士様も、こうなっちゃ人生おしまいだな」

ガイルの嘲弄に、セシリアは「私は……」となにか言いかける。

だが、ガイルが媚薬の注射をもう一本彼女の腕に打ち、乳首をつまむと、セシリアは「あああああっ」と身体をのけぞらせた。

セシリアは一年前まで学院の三年生だった。

学院序列は3位であり、美少女天才魔剣士として知られた。平民出身で、その高潔で優しい性格もあいまって、男子からも女子からも人気が高かったのだ。

だが、黒鷺寮の二年の男子たちが、セシリアを罠にかけた。卑劣な手段で決闘に負けたセシリアは、男子寮の地下牢に監禁され、三日三晩20人以上の男子に強姦された。

セシリアは処女を奪われ、好き放題にされたが、それでも「殺してやる……!」と最初のうちはわめいていたという。

だが、女の弱い部分を何人にも交代で可愛がられ、何度も膣内射精されるうちに、セシリアは「いやあああああああっ。赤ちゃんできちゃう」と泣き叫ぶようになった。

そして、媚薬を大量に投与され、よがり狂い、三日目の最後にはすでに「お〇んちん、気持ちいいですぅっっ!」と自分から腰を振るようになっていた。

こうして、セシリアは黒鷲寮に捕らわれたまま、娼婦同然の身に堕ちた。薄布のみを与えられ、地下牢で男の相手をする日々に、セシリアの精神は完全に崩壊した。

そして、彼女は望まぬ子を孕み、出産し、留年して、今もこの黒鷲寮にいる。かつての優秀な魔剣士の面影はなく、ただ魅力的な容姿のみで男を愉しませる存在となっていた。

今年入学してきた男子も、ほぼ全員がセシリアの身体を弄んだ。誰がセシリアに二人目の子を産ませるか、競っている。

もっとも、セシリアのような目に遭っている少女は、他にも10人ぐらいいて、彼女たちがこの男子寮の性欲処理を担当しているのだ。

そろそろセシリアに挿入しようかとガイルが思ったとき、取り巻きの一人が裸の少女を抱えてきて、地下牢のセシリアと同じ部屋へと放り込んだ。

その少女はとても可憐だった。一年生だろうか。まだ幼さが残る顔立ちだし、胸もお尻も小さい。

ただ、ひと目見て、セシリアによく似ていると思った。黒髪黒目に大きな瞳。かなりの美少女だ。

いつもはあえぎよがるだけのセシリアが、「なんで……」と小さく声を上げる。

そして、床に倒れ込んだ少女も、大きく目を見開き「お姉ちゃん……！」と声を上げる。

取り巻きはにやりと笑う。

「この娘はフィオニー・ブラウン。姉を助けにこの学院に入学したそうですよ」

「それで？」

「で、俺たちに騙され、決闘に負けて自分も性奴隷になってしまったというわけで。もっともまだ処女なのでガイル様のお気に召すかと」

「ああ、悪くないな。姉の前で妹を可愛がるというのも」

ガイルはにやりと笑った。少しは気が晴れるかもしれない。

いつのまにかセシリアは立ち上がって、妹をぎゅっと抱きしめる。そして、ガイルを懇願するように見つめた。

「い、妹にだけは手を出さないで……」

「まあ、おまえ一人で俺を満足させられたら考えてやるよ」

「……っ！　わ、わかりました」

ガイルはセシリアの裸の胸を正面から揉みしだき、キスをする。セシリアはそれを黙って受け入れていた。

だが、キスが終わると、セシリアは「妹の前でするのは……許してください」と頼んだ。

ガイルは首を横に振った。

「妹にも『私は性奴隷になってこんなに幸せです』ってところを見てもらわないとな。お姉ちゃんを助けようなんて気が起きないように」

「あっ、いやあああああああっ」

ガイルがセシリアを組み敷くと、セシリアは必死の抵抗をする。

理性を取り戻し、抵抗するセシリアを見るのは、入学したばかりのガイルは初めてだった。

最初はさぞ凌辱の甲斐があったのだろう。

だが、ガイルのものがセシリアに挿入されると、セシリアはすぐに大人しくなってしまう。

「あっ、あああああああっ。ダメっ、こんな……」

横からフィオニーが「お姉ちゃんを放せ！」と邪魔しようとするが、取り巻きに押さえられ、かえって胸を揉みしだかれてしまう。

「あっ、やだあっ」

フィオニーの幼い声が、牢内に響き渡る。セシリアが必死な表情でガイルを睨む。

「妹には手を出さないって約束したでしょう⁉」

「取り巻きのやることまでは止められないからな」

「こ、この外道っ！」

とはいえ、ガイルも取り巻きに処女までは奪わないように指示した。セシリアはほっとした表情を浮かべるが、それはセシリアを犯し抜いた後、ガイル自身がいただくためだ。

安心して油断したのか、セシリアは奥を突かれ、「ああああっ」と声を上げる。

この美人姉妹を待つ運命は、破滅しかない。

ガイルにも姉がいる。その姉の面影がセシリアと重なった。

憧れの姉。少しポンコツだけれど、可愛くて優しく、ガイルを溺愛してくれる姉だ。

ガイルが一番欲しいのは、その姉・ルシルの身体だった。

だが、姉弟であるがゆえにガイルの望みは叶わない。

だから、こうしてメイドや学院の女子生徒を弄び、妊娠させているのだ。

（同じ運命をあのレオンの女たちにも味わわせてやる……）

金獅子寮の寮長にはさすがに手を出せない。本人の魔剣士としての実力の高さはもちろん、寮長の権力は絶大だし、彼女の生家はグロスター公爵などよりも遥かに上の身分だ。

だから、ガイルが強奪し、凌辱する相手は、それ以外の二人になる。

一人はエステル・エルミジット。レオンの性奴隷となった公爵の私生児だ。

そして、もう一人。レオンの妹を名乗るルナ・ランカスター。

彼女がその〈精液強化〉のスキルのせいで、ランカスター公爵の庇護を受けていないことはすでに調べがついている。

（ルナにもオレの精液をたっぷり注いでやるさ）

ガイルは暗い笑みを浮かべると、目の前のセシリアが「妹の前で中出しはいやああああああああっ」と叫ぶのもかまわず、膣内射精した。

†

ルナのスキル、〈精液強化〉はあまりにも危険なスキルだった。

レオンは戦慄する。

ルナは精液を注がれることで自分が強くなる。だが、それだけではない。

ルナに精液を注いだ男も、能力が強化されるらしい。

「試したことはないから、正確にはわからないんですけどね。でも、古い文献を読むと、似たスキルを手に入れた女性がいて、彼女は男を強化することもできたみたいです」

「その人は……」

「400年前の魔女ステラ。美しく聡明な男爵令嬢の彼女は、14歳のときに精液強化のスキルがバレて、五つ年上と二つ年上の兄二人、それから一つ年下の弟にレイプされたそうです。家から逃げ出したら、今度は人さらいにつかまり、娼館に売られ、多くの男の相手をさせられました」

やがて彼女は男を喜ばせる術を身に付けた完璧な娼婦となった。だが、17歳になると、精液強化のスキルを聞きつけた魔術師に身請けされることとなる。

彼はステラを最初は利用していたが、やがて情が移ったのか、彼女に魔術を教えるようになった。ステラも彼のことを愛するようになったという。

二人は幸せな生活を送ったが、やがて皇帝がステラの美貌とスキルを欲した。皇帝はステラの恋人の魔術師をでっち上げの罪で処刑し、ステラを強奪した。――

ふたたびステラは皇帝と皇子たちの慰み者となる。だが、愛する男を殺した皇帝をステラは許さなかった。

第三皇子をステラはたらしこみ、彼を意のままに操ると、父帝への反乱を起こさせた。

戦乱の火は一気に広がり、多くの男が殺され、女は敵対勢力に犯された。

やがて、第三皇子派は敗北。皇子は処刑され、今度こそステラは破滅した。

だが、ステラは死ぬことも許されず、その美しい肢体を鎖で拘束され、全裸で城門の前にさらされた。

怯え、許しを乞う彼女に、大勢の兵士が一斉に襲いかかった。

「私は何も悪いことをしていないわ！　なのにスキルのせいでどうしてこんな目に遭うの!?　あ、っ、中出しはいやあああああああっ」

こうしてステラを犯した兵士はすべてスキルの恩恵を受けて強化された。それどころか、ステラの痴態を見て欲情した市民にまで、ステラは犯されたという。

発情するように魔法をかけられたステラは、男を何人でも受け入れた。魔法の効果で、どれほど多くの男を相手にしても体力は尽きず、身体も平気になっていたのだ。

こうしてステラの地獄は始まった。地下牢に移されたステラは、毎日、大勢の男に犯され、よがり狂った。手足を鎖で拘束され、理性も崩壊したステラに、もはや打てる手はなかった。

妊娠と出産を繰り返し、発狂したステラは、それでも美しかった。20代半ばの彼女は少女の頃よりもより魅力的になっていたのだ。

その後の彼女の運命は杳として知れないが、一生を性奴隷として男を喜ばせるためだけに送ったのだろう。

「これが悲劇の魔女ステラの伝説です。あたしも……同じような目に遭うかもしれません」

「まさか……」

「いえ、あたしはまだ処女ですから！　安心してください。ひどいことをされそうになったら仕返しをしたので！　そのせいで公爵家は追い出されちゃったんですけど……あはは」

「そっか。……俺と同じだね」

スキルのせいで実家から見捨てられたという意味では、レオンもルナも同じだ。

ただ、ルナの方がより厳しい立場にある。

「昔のあたしは、スキルのことをお兄様たちには隠していました。嫌われたくなかったから……」

「なら、今は？」

「あたしの初めては、レオンお兄様に捧げたいと思ったんです」

ルナは顔を赤くして、そんなことを言う。ルナが積極的なのはスキルによる事情だとは思うが、レオンのことを好きだというのは嘘ではないらしい。

「だから、お兄様も覚悟を決めてください。あたしはいつでも準備ができています」

覚悟。それは、姉の教え子で、かつての友人ルナの処女を奪う覚悟だ。

ルナはぎゅっとレオンの身体にその大きな乳房を押し付ける。

「お兄様はあたしのことを好き放題にしていいんですよ？　この胸も、唇も、あ、あそこも……全部お兄様のものにしてください。他の人に奪われないように」

甘美な声でルナがささやく。

アリアのことですら、レオンは犯してしまったのだ。いまさらルナを相手にためらう理由なんてない。

「本当にいいの？」

「はい。どのみち、あたしは多くの男に犯される未来が待っています。男たちはあたしのスキルを利用するために、魔女ステラと同じように性奴隷にして監禁するはずです。だから、そうなる前に、お兄様に初めてを捧げたいんです」

「他の男の性奴隷になんてさせないさ」

「え？」

「俺がルナを守るから」

レオンははっきりと言った。ルナは大きく目を見開き、そして、ぽろぽろと涙をこぼす。

「る、ルナ!?」

「嬉しかったんです。このスキルのせいで公爵家を追放されてから、誰も味方なんていなかったですから……」

「それは……つらかったね」

「でも、今はお兄様がいます。あたし、やっぱりお兄様のことが大好きです」

そして、ルナは自然な流れで、制服のブレザーとブラウスを脱いだ。

赤い派手な下着姿のルナは、ふふっと笑う。

「どうですか？　勝負下着？」

わになった。


「いや、その……エロいけど……」

「やった！　ブラはお兄様が脱がしてくださいね？」

ルナが甘えるように言う。

レオンはおそるおそるルナのブラに手をかける。ホックを外すと、ルナの美しい白い胸が露わになった。

ルナは顔を赤くする。

「お兄様のエッチ……」

「ルナがしろって言ったんだよね……？」

「でも、視線が……」

レオンはつい、ルナの乳首を見てしまっていた。その桜色の突起は、びんびんに立っている。

「お兄様ってやっぱりむっつりスケベ♪」

「悪かったね」

「でも、興奮しているのは、あたしも同じですから。だから、お兄様は安心してあたしを犯してくださいね？」

ルナは楽しそうだった。アリアのときも、エステルのときも、リンカのときも、無理やり性奴隷にしたから、レオンにとっては少し新鮮に感じられる。

けれど、このまま主導権を握られるのは面白くない。

レオンはいきなりルナの乳首を指先でつまんでみた。

「お、お兄様⁉　ひゃっ、ひゃうっ！」

きゅっきゅっとレオンが乳首をつまむと、ルナは敏感に反応し身体を震わせる。

「だ、ダメっ……」

「ルナって攻められるのに弱いタイプ？」

「そ、そんなこと、知りません！　だって、お兄様以外の人としたことなんてないし……あっ、ちゅぷっ」

レオンが強引にルナの唇を奪う。そして、舌を絡ませ蹂躙する。ルナはくぐもったあえぎ声を上げながらも、従順にレオンの舌を受け入れていた。

キスを終えると、ルナははぁはぁと荒い息遣いでレオンを見つめ、頬を膨らませる。

「レオンお兄様……意地悪です」

「ごめん。でも、挑発するルナが悪いんだよ」

「あっ、やだっ、乳首ばっかりいじめないでっ」

レオンの攻めにルナが嬌声を上げる。ルナは必死で耐えようとするが、びくびくと身体を震わせる。

「はしたない女だなんて言うなら、そんな恥ずかしそうにする必要はないのに」

「だ、だって……恥ずかしいんですもん！　あ、あたし、初めてなんですよ？　あっ、あああああっ」

レオンはルナのスカートを奪い、その下腹部へと手を伸ばす。赤いショーツの上からでもわかる。ルナの秘所はもうぐしょぐしょになっていた。

「やっぱり、はしたない女かもね。興奮してるんだ？」

「い、言わないでください！　好きな人とエッチできるんですから、興奮して当然じゃないですか！」

「そっか。ありがと」

「な、なんでお兄様がお礼を言うんですか？　お礼を言うのはあたし……あっ、んんっ、ちゅぷっ」

レオンはふたたびルナの唇を奪い、その口を封じる。そして、そのまま物置の布の上へと押し倒してしまう。

キスをしながら、レオンの手はルナの乳房と秘所をぐちゅぐちゅといじり続ける。

そのたびにルナの身体は激しく震えた。唇を解放すると、ルナは真っ赤な顔でレオンを見つめていた。

一糸まとわぬ姿になったルナは、とても可憐で美しかった。

レオンはここでルナの処女を奪ってしまおうと思っていた。ただ、一つ気になることがある。

「こんな場所で初めてでもいいの？　その……物置なんかで」

「全然大丈夫です。この機会を逃したら、お兄様以外の人にレイプされちゃうかもですし……」

「そんなことはさせないさ。俺が……ルナを守るから」

「はい♪　そうですね。お兄様が守ってくれれば、もっとロマンチックな場所でお兄様とエッチなことをする機会はいくらでもありますから」

ふふっとルナが笑う。その可愛い言葉と表情にレオンは我慢できなくなる。

レオンは大きくそそり立ったものを、ルナの秘所に突き立てようとする。

ルナは「大きい……」とつぶやく。

「こ、こんな立派なものがあたしの中に入るなんて……」

「怖い？」

「いえ。想像するだけでエッチな気分になっちゃいます♪　あっ……」

レオンのものがルナの秘所にこすりつけられる。その感触だけで、ルナはびくびく震えていた。

レオンはルナの乳首をきゅっともう一度つまむ。

「ひうっ！　お、お兄様のおっぱい星人！　じ、じらさないでください……あたし、我慢の限界です」

「どうしてほしいか、言ってみてよ」

散々ルナにはからかわれたので、主導権がどちらにあるか、明確にしておきたい。レオンの言葉に、ルナは「やっぱり意地悪……」とつぶやき、そして、秘所にレオンのものをこすりつけられ、「あっ……」と甘い声を上げる。

「スキルでお兄様の性奴隷になった子は、卑猥な言葉を口走っちゃうんですよね？」

「そうだね」

アリアもエステルも、スキルのせいで発情したときは「卑しい雌奴隷にレオン様のものを恵んでください！」なんて言ってしまう。リンカもおそらく同じ反応をすることになるだろう。

ルナは優しく微笑んだ。

「その意味では、あたしはスキルなんていりませんね。だって、あたしは心からお兄様のものを欲しがっているんですから」

「そ、それって……」

「はしたない14歳の雌に、レオンお兄様の熱くて硬いものを突っ込んで……孕ませてください♪」

ルナは幼い顔立ちに妖艶な表情を浮かべ、ささやいた。

我慢の限界になったのは、レオンだった。

レオンはルナの秘所に、自分の大きくなったものを勢いよく挿入した。

途端にルナから余裕の表情が消えて、翡翠色の目を大きく見開く。

「あっ、気持ちいいっ……痛あああああいっ！」

破瓜の痛みにルナは甲高い悲鳴を上げた。こうして、ルナの処女はレオンの手で奪われた。

「これで……あたしはお兄様のものですね」

ルナは痛みに耐えながらも、ふふっと笑い、そして、レオンのもので秘所を突かれて「あっ」と甘いあえぎ声を上げた。

「あっあっあっああああっ。んんっ」

レオンに突かれ、ルナがあえぐ。破瓜の痛みが薄れてきたからか、ルナの声は甘くとろけるようになっている。

欲望のままルナを犯してしまったけれど、立会人がいない以上、スキルは発動しない。ちなみに、エステルはずっと気を失ったままだ。

「そう。つまり、これはただのセックスなんです。あっ……」

「やるなら立会人を用意してからの方が良かったかな」

「ふふっ……お兄様ってば可愛い♪ あたしの魅力に抗えなかったんですね……あっ、やっ、乳首弱いから、いじめないでっ」

生意気な口を利くルナの乳首を、レオンはきゅっきゅっと強くつまむ。

本人の言うとおり、乳首が弱点らしい。

あえぎながらルナはレオンを優しい瞳で見つめた。

「それに……初めてはお兄様と二人きりでしたかったですし……んっ、ちゅっ」

一転して可愛いことを言うルナに、レオンは激しくキスをする。ルナと舌を絡め蹂躙するが、ルナは従順にそれを受け入れた。

ルナの小柄な身体は、まるで全身でレオンを喜ばせるかのようだった。

きゅっとルナの中が締まり、レオンのものを刺激する。

唇を解放すると、ルナははぁはぁと荒い息遣いで、けれどうっとりとしたような表情を浮かべた。

「感じてるんだ？」

「お兄様との……エッチですから。あっ、あああああっ」

レオンが激しくルナの秘所を蹂躙し、ルナはそれに合わせて腰を動かす。

やがて、レオンのものが熱く硬くなり、我慢の限界に達した。

ルナも同じで「あっ、イクっ、イッちゃう……っ」と甲高い声を上げている。

レオンはそのまま欲望をルナの中に解放しようとし、思いとどまる。

考えてみると、スキルで性奴隷にしないのであればルナに精液を注ぐ必要はない。もちろん、ルナの強化にはつながるのかもしれないが、レオン側には理由がないのだ。

それより、妊娠済みのリンカと違って、中出しすればレオンの子を孕むかもしれない。そうなればアリアと同じ目に遭わせてしまうことになる。

レオンは慌てて抜こうとする。だが、ルナはレオンの身体に手を回し、ぎゅっと束縛してしまう。

「る、ルナ……!?」

「外に出すなんてダメですっ！　お兄様のもの、ください！」

「もしかして、スキルのため……？」

「もうっ、違います。お兄様の赤ちゃんがほしいから……それに、あの子よりもあたしの方が……あああっ！」

「る、ルナ！　ダメだっ、放してくれないと……」

「あっ、気持ちいいっ！　イッちゃううぅっ！　ひゃっ、あああああああああっ」

レオンのものが暴発するのと同時に、ルナはひときわ甘い声を上げて、そしてびくんびくんと身体を震わせた。

結局、レオンの精液はルナの秘所にたっぷりと注がれた。

「好きな人とのセックスってこんなに気持ちいいんですね」

ルナはレオンを見上げ、そんなことをつぶやく。そんなルナが愛おしくて、レオンはついルナにまたキスしてしまった。

ルナはそれを優しく受け入れた。やがてキスを終え、レオンはルナの中から自分のものを引き抜く。

秘所を白濁液で汚したルナは、とても嬉しそうだった。

「お兄様の赤ちゃん、可愛いんでしょうね」

「ま、まだ妊娠したと決まったわけじゃないよ？　でも、できたら……責任は取るから」

「！　は、はい！」

ルナは予想外だったのか、顔を真っ赤にした。

もはやルナにランカスター公爵の後ろ盾はない。レオンが守ってあげないといけないのだ。子供ができたら、なおさら。

レオンはルナの胸をそっと愛撫し、ルナはうっとりとした表情を浮かべる。

だが、そんな優しい時間は長くは続かなかった。

「な、何してるの……？」

スキルの影響で気を失っていたエステルが、目を覚ましたようだった。

そして、レオンとルナを見比べる。その視線は二人の下腹部に注がれていた。頬を紅潮させて睨みつける。

「え、エッチするなんて……最低っ！　ハレンチっ！」

「あたしとお兄様は愛し合っただけですよ？　何も悪いことをしていません」

「で、でも……わたしはレオンから最後まではしてもらっていないのに……」

エステルはそんなことをつぶやいた。

そして、はっとした表情を浮かべる。

「ち、違うの……今のは、えっと、その……」

羞恥の表情でエステルは目をそらす。その顔は今までで一番赤かった。

ルナとのセックスに、エステルが嫉妬しているというのは、レオンにもわかった。

†

気を失っているあいだに、レオンとルナが性交していた。そのことがエステルに衝撃を与える。

裸のルナはくすりと笑い、エステルを見つめていた。

「なーんだ。やっぱり、エステルさんも、お兄様に抱かれて妊娠したいんですね！」

「ち、違うわ！　そんなわけないし……それに、気安く名前を呼ばないで！」

「うわー、プライド高いですね。同じ公爵家の問題児令嬢仲間じゃないですか」

「そんな仲間はない！」

エステルの抗議にえへへとルナは笑う。エステルとルナの境遇が似ているのはたしかだ。

七大貴族の娘。そして、エステルは私生児だから、ルナは異端のスキルを持つ身だから、実家の公爵家からは冷遇されている。

けれど、ルナはエステルよりも一つ年下で身体も小柄なのに、なぜか大人の余裕があるように見える。

（そっか……ルナは……）

エステルよりも早く一足先に大人の女になったのだ。処女をレオンに捧げ、抱かれたから。

胸の奥にちりちりと、焼けるような痛みが走る。それは焦りのような強い感情だ。

（もしかして……わたし、嫉妬しているの？）

レオンとルナがセックスした事後を見てしまい、エステルは心がかき乱されるのを感じた。

でも、断じて嫉妬しているなんて、認めたくない。

自分はルナのように、レオンのものを欲しがって、発情するようなはしたない女ではない。

そのはずだ。

ところが、ルナはエステルに近づくと、その胸を正面から揉みしだいた。

「きゃっ……な、なにするの!?」

ルナの小さな手で弄ばれる。レオンとは触り方が違うと心の中で比較し、レオンに胸を触られるのが自然になっていることに我ながら驚いた。

「おっきな胸……あたしのよりも大きいですよね……ずるい。これでお兄様をたらしこんだんですね」

「たらしこんでなんかない！」

「同じ性奴隷仲間としては、負けていられません……！」

「わたしはあいつの性奴隷なんかじゃない！」

反射的にエステルは答え、「しまった」と後悔する。

絶対調教スキルの副作用が発動してしまう。

「あっ、あああああっ」

発情し、精神を支配されそうになる。エステルは抵抗しようとするが、ふふっと笑うルナがエステルの秘所をまさぐり、心をかき乱す。

ルナに対するヤキモチのせいで冷静に対処できない。

結局、エステルは心を飲み込まれてしまった。

ルナに対する強い羨望と嫉妬でエステルはおかしくなりそうになる。エステルはルナの手を振り払うと、反撃に出て、彼女の秘所に触れた。

「きゃっ」

ルナが可愛らしい声を上げて、目を見開く。

エステルはそんなルナを睨む。

「このはしたないお○んこが、ご主人さまをたぶらかしたのね」

エステルはそんなことを口走る。それがスキルのせいなのか、自分の思いなのか、もはやわからなくなっていた。

秘所にエステルから指を入れられ、ルナは「んっ」とあえぎ抵抗できなくなったようだった。

「え、エステルさん？　や、やめてください……ひゃうっ」

もだえるルナを、なおもエステルはいじめようとするが、そこでレオンが止めに入る。

「え、エルミジットさん……ルナが可哀想だから、そのへんでやめておこう」

自分は名前で呼んでくれないのに、ルナのことは名前で呼ぶんだ、とエステルは思ってしまう。

エステルは頬を膨らませて、レオンを睨む。

「わたしも……レオン様の子種がほしいです」

「えっ」

エステルはその言葉がスキルのせいだけでないことを自覚していた。自分もレオンに抱かれたい、という思いを止められない。

レオンの顔は赤く、その股間はふたたび大きくなっていた。二人の少女の痴態を見て、興奮したのだろう。

エステルはレオンの前にひざまずき、そのそそり立ったものをぺろぺろと舐めた。

「お掃除しますから……わたしのことも可愛がってくださいね？」

「う、うん……」

エステルの身体はレオンを強く求めていた。レオンもエステルを必要としてくれると嬉しいと思う。

このままレオンに抱かれたい。

エステルはそう願った。

だが、エステルの願いはすぐには叶わなかった。

突然、物置の扉が開けられる。

そこには一人の長身の美少女がいた。彼女はふふっと笑う。

「あらら、とんでもない現場を見ちゃったわ。風紀を乱す人間にはお仕置きしないとね」

エステルも、レオンもルナも凍りついた。黒髪の大人びた少女は、その細い腰に手を当てて、そして宣言した。

「私は全寮生徒会の風紀委員ルシル・グロスター。あなたたちを校則違反で懲罰房に入れます」

第五章　反帝政派の登場

「懲罰房ってそんな……!?」

ルナが素っ頓狂な声を上げ、そして、怯えるようにレオンの後ろに隠れる。

一方、エステルは一瞬フリーズしたものの、すぐにぺろぺろとレオンのものを舐め始めた。

「え、エルミジットさん……い、今は……あっ」

エステルはレオンのものを的確に刺激している。すっかり性奴隷が板についているけれど、今は困ってしまう。

目の前に風紀委員のルシル・グロスターという少女がいるのだから。

ブレザーの胸元のリボンが青色で、これは白百合寮の色だ。

たぶん三年の女子だ。エステルやルナと比べても、ずっと大人びていて、少女でありながら大人の女性のような魅力も兼ね備えている。

ロングヘアの黒髪がとても清楚な雰囲気だ。

一方で、スタイルも抜群で、男なら誰しも視線を釘付けにするような、エロい身体をしている。

胸の大きな膨らみの上にネクタイがかかり、そのなめらかな曲線を強調していた。風紀委員だからかスカート丈も長めだが、細くしまった腰と豊かな尻は服の上からでもはっきりとわかる。

レオンの視線に気づいたのか、ルシルは顔を赤くしてレオンを睨んだ。

「いやらしい目で見ないで」

「あ、す、すみません……」

「この物置は立入禁止だし、校舎内で性行為をするのは禁止。これは重大な校則違反よ」

「で、ですが……」

「逆らうなら、もっと重い処分を下すけど？」

全寮生徒会は、寮内以外の学校の敷地では強い権限を持っている。その風紀委員は、独自の判断で生徒を懲罰房に入れることすらできた。

ガイル・グロスターが私闘とエステルに対する暴行未遂で懲罰房に入れられたように。

そこでレオンは気づく。ルシル・グロスター？

「もしかして、あなたはガイルの……」

「そう。姉よ。よくも私の可愛い弟をひどい目に遭わせてくれたわね！」

「いや、あれは弟さんの自業自得では……？」

「このはしたない女が弟を誘惑したんでしょう？」

ルシルは軽蔑するように、エステルを見つめる。もちろん、エステルはそんなことをしていない。

だが、絶対調教スキルの発動したエステルは、今や頭の中をエロいことで一杯にしていて、レオンに奉仕することに夢中のようだった。

レオンの前にひざまずいているエステルの腹を、突然、ルシルが蹴り上げた。

「きゃあっ」

エステルが悲鳴を上げて、床に倒れ込む。

「発情した雌豚はこうでもしないと止まらないでしょ？」

ルシルはなおもエステルに暴行を加えようとする。レオンはかっとした。

たしかに校内で性行為をしていたのは、自分たちに非があるかもしれない。

だからといって暴力を振るうのが許されるわけではない。レオンはルシルを止めるために、背中から羽交い締めにしようとした。

ところが――。

「あっ……！」

ルシルが甲高い甘い声を上げる。レオンの手は、ルシルのはち切れそうな豊かな胸を鷲掴みにしていたのだ。

「ちょ、ちょっと！　やめなさいっ……ひゃう!?」

レオンは焦った。うっかりルシルの胸を背後から揉んでしまった。

これではエステルのときと同じように問題になる。

しかも、相手は先輩で風紀委員なのだ。

ルシルが暴れて逃れようとするが、男のレオンの力には敵わない。

かえって敏感な部分がこすれて、「あっ」とルシルは声を上げてしまう。

「こ、この……犯罪者！」

「ご、誤解です！　話を聞いてくださいっ！」

「私の胸を触っておいて、誤解だなんてよく言えたものね！　風紀委員の権限で、退学にしてあげるんだから！　あっ、ダメっ！」

レオンの手がますます強くルシルの胸をぎゅっとつかむ。

このまま逃げられたら、本当に退学になるかもしれないから逃がすわけにはいかない。

いつのまにかルナが物置の入り口に回り込んでいた。

そして、レオンに声をかける。

「こうなったら仕方ありません。ルシル先輩をレイプして性奴隷にしちゃいましょう！」

「え、ええっ!?」

「徹底的に犯して絶対調教スキルを発動すれば、あたしたちを退学にしようなんて思いませんから」

「そ、それはそうかもしれないけれど……」

ルシルは黒い髪を振り乱し、ますます必死に抵抗しようとする。

「わ、私は公爵家の娘なのよ!?　れ、レイプされて性奴隷になるなんてありえないっ！」

「すでに二人の公爵の娘が、レオンお兄様の性奴隷になったり、中出しされたりしているんですけどね」

ルナが冷静な声でそんなことを言う。たしかにエステルもルナも公爵令嬢だ。

とはいえ、ルシルをレイプするなんて、とんでもないことだと思う。

「この人の弟だって、エステルさんを犯そうとしたんだから、おあいこでしょう？」

ルナはレオンに言う。そのうえ、ルシルはエステルに暴力を振るい、レオンたちを破滅させようとした。

正当化できる理由もあるし、それ以外の方法でこの窮地を乗り切る方法はなさそうでもある。

(だけど、もしそうすれば、俺はガイルや反帝政派と何も変わらなくなるんじゃや……)

レオンがためらっていると、ルナがルシルに近づいて、その制服のスカートを剥ぎ取ってしまう。

「ああっ、いやあああっ」

「ピンク色……意外と可愛い下着ですね」

ルナはそんなことをつぶやき、一方のルシルはすっかり大人しくなり、ぐずぐずと泣いていた。

「やだっ……許して……ください。わ、私、初めてなんです」

強いように見えて、ルシルはあっさりと心が折れてしまったようだった。

レオンはふと思いついて、そのままルシルを抱きすくめたまま、床に押し倒した。

「いやああっ！　ほ、他のことなら何でもしますからっ……！」

ルシルは美しい顔に涙を浮かべ、いやいやと首を横に振っていた。

だが、レオンはそのままルシルのブレザーの上着を奪い、ブラウスを引きちぎる。

ブラジャー一枚になり、下着姿の大きな胸が露わになる。改めて見て、本当に大きいなとレオンは思った。

ルシルは絶望の表情を浮かべていた。

このままルシルを犯してしまうことも、もちろんできる。

だが、レオンは代わりに提案した。

「今回のことを見逃してくれるなら、俺もこの場で先輩を犯すのはやめにします。どうですか？」

レオンの提案に、ルシルはぱっと顔を輝かせてうなずいた。

「本当に俺たちのことを処分したりしようとしませんか？」

「も、もちろん。この部屋から出ても、報復なんてしようとするわけないから、だから、犯したりしないで……」

ルシルはレオンの提案をほぼ丸呑みした。やはり見た目ほど強いわけでもなければ、正義感が強いわけでもないらしい。

ガイルのような外道ではないにせよ、思い込みでエステルをはしたない女だと罵り、暴力を振るったのもマイナスポイントだ。

レオンはルシルを解放すると、約束を守らせる方法を考えた。状況が変われば、すぐにでもルシルは裏切りかねない。

そこに、パシャっという音がした。ルナが小型の魔剣を取り出して、なにやら魔法を使っている。

レオンの視線に気づいたのか、ルナは微笑む。

「魔力写像という術です。ほら、最近発明された写真っていう技術があるでしょう？　あれを魔法でより高性能にしたのが、魔力写像です。写真では白黒の絵しか撮れませんが、この魔法なら色付きで撮れます」

言いながら、ルナはルシルに剣を向け、パシャパシャと画像を撮る。ルシルは怯え、胸を隠そうとするが、ルナの手で阻まれる。

それどころか、ルナはルシルのブラを奪ってしまう。

「いやっ！」

ルシルは悲鳴を上げるが、ルナはその顔から胸までの画像を何枚も撮ったようだった。

「美人の先輩女子の裸の写真、高く売れそうですね……」

「ま、まさか、それで私を脅す気……？」

「はい♪」

ルナは考える手段が容赦ないな、とレオンは思う。自分の精液強化のスキルのせいで苦労しているからかもしれない。

とはいえ、ルナのようなやり方で、なにか弱みを握っておく必要はある。

「犯されずに済むんですから、これぐらいは我慢してください。裏切らなければ、ばらまいたりはしません」

レオンはルシルに告げると、ルシルは涙を流しながらもうなずいた。

気位の高い公爵令嬢、しかも風紀委員にとっては屈辱だろう。弟の代わりに仕返しをするはずが、かえってやり込められてしまったのだから。

ルシルは起き上がり、服を整える。スタイル抜群の三年の女子が、制服を着る様子もなかなか扇情的だった。

もっともブラはルナが取り上げてしまったので、上半身はノーブラだ。

見つめられていることに気づいたのか、ルシルは顔を赤くした。

ルシルは足早に物置の入り口に駆け寄ると、こちらを振り向き、睨む。

「い、いつか仕返しをしてやるんだから！」

言い捨てて、ルシルは出ていこうとするが、レオンはルシルを捕まえると、扉に押し付けてその胸を揉みしだく。

途端にルシルは「ひっ」と悲鳴を上げる。

「仕返しなんて考えないでください。裏切ったら、今度こそ性奴隷にします」

「わ、わかったから、は、放して……あっ、やあっ」

ブラウスの上からでもルシルの胸の大きさは堪能できた。しかも、ノーブラだから、乳首の位置までわかる。レオンが脅しのために、その乳首をきゅっとつまむと、ルシルはびくんと敏感に震えた。

「んっ、あああっ……ち、乳首ダメっ」

この風紀委員は乳首を攻められると弱いらしい。淫らに乱れる姿を見て、このまま性奴隷にしたくなるが、我慢する。

ルシルを放すと、彼女は泣きながら、完全に心が折れた様子でとぼとぼと部屋を出て行った。

残ったレオンはエステルとルナの様子を見る。いつのまにかスキルの効果が収まったのか、エステルはぺたんと床に座り込んでいた。

「怪我はない？」

「ええ。……わたしのために怒ってくれて、ありがと」

ちょっと恥ずかしそうに、エステルは言い、頬を染める。

一方、ルナはそんなエステルを見て、にやにやとする。

「エステルさんったら……」

「な、なによ？」

「いえ、心までお兄様に落とされているな、と思いまして」

「わ、わたしがこんな奴のことを好きになるなんて、ありえないわ！」

「好きになっちゃったんですよね？」

「だから、違う！」

エステルとルナが言い争いするのを見て、レオンは微笑む。

問題は山積みだ。呪われたスキルのせいで、レオンやルナが苦しい立場にあるのは変わらない。ガイル、そしてルシルが復讐に出る可能性も残されている。

そして、反帝政派から、姉アリアを取り戻すという目的は、まだ道半ばだ。

でも、ともかく、今はこの二人の女の子を守りたい。もちろん、寮長やリンカのことも。

レオンはそう願った。

†

ガイル・グロスターは憤慨した。姉ルシルが泣きながら、レオンたちにひどい目に遭わされたと訴えたのだ。

もともとルナとエステルを犯すことで、レオンに対する仕返しを計画していたが、もっと徹底的に行う必要がある。

「私、写真も撮られて脅されているの……」

ルシルはそんなふうに言い、涙をこぼす。その肩をガイルは抱いた。ルシルの身体に触れられて、ガイルは自分の欲求が少し満たされるのを感じた。

もともとルシルは女子寮の白百合寮、ガイルは男子寮の黒鷲寮に所属しているが、今はルシルがガイルの部屋を訪れていた。男子が女子寮に入るのは原則禁止だが、女子が男子寮に来るのは比較的自由だ。

もっとも、男子寮に足を踏み入れるなんて、普通の女子には危険な行為だとも言える。飢えた男子たちに襲われて、部屋に監禁されかねない。

もちろんガイルの姉であるルシルにその危険はないが、地下室に監禁した娼婦となった女子生徒の姿を見せるわけにはいかないので、そこは気を使った。

「姉さん、大丈夫。オレにいい考えがある。協力者もいるからね」

「協力者……？」

ルシルが小首をかしげ、黒い髪がふわりと揺れる。ガイルはルシルを押し倒したくなる欲求を抑え、代わりに部屋に一人の女性を招き入れた。

若く美しいその女性は、静かに部屋に入ってきた。まるで影のような動きで、それでいながら存在感がある。

白色の大胆なドレスは胸元もはだけ、スリットから見える足も目にまぶしい。

銀色の髪を手でかき上げると、彼女は妖艶に微笑んだ。

「ルシル様は『初めまして』かしら。お父様のグロスター公爵に仕える暗殺者クロエよ」

ルシルは戸惑っているが、ガイルはこの女クロエと協力して、強大な力を手に入れるつもりだった。

性奴隷の女何人かを使って儀式を行い、古の魔獣を呼び出す。そして、エステルとルナをレオンの手から強奪するのだ。

「それにしても懐かしいわ。私はあのレオンって子のこと、よく知っているの」

「そうなのか？」

クロエが恍惚とした表情を浮かべ、ガイルはいぶかしむ。

ふふっとクロエは微笑んだ。

「あの子の姉、アリアは私の所有物だもの」

クロエはさらりと重大な事実を告げた。

†

ランカスター公爵の娘ルナにとって、アリア・ランカスターは憧れの存在だった。

強く可憐な天才少女魔剣士アリア。彼女のようになれれば、自分も——呪われたスキルの宿命から解放され、一人の人間として必要とされる日が来るのだろうか。

幼い頃、アリアのもとで魔法を学ぶたびに、その美しい横顔を見て、ルナはそう思った。

ルナのスキル〈精液強化〉は、男の精液を受け入れて自分の魔力を高め——そして、相手の魔力をも強化してしまうスキルだった。

つまり、ルナの意思とは無関係に、男たちに利用され性奴隷にされてしまう宿命にあるのだ。

同じスキルを持つ伝説の魔女ステラがそうだったように。

ルナには、スキルを利用して娼婦のように生きる道もあったかもしれない。そうすれば、自分を〈精液強化〉で強くすることもできただろう。

（だけど、そんな生き方は……嫌）

ルナは公爵の娘だったからそんなふうに身を落とすことは周囲が認めない。何より、ルナ自身のプライドが許さなかった。

そんなルナの、「アリアのように自分の力で生きられる強い魔剣士になりたい」という気持ちは日に日に強くなっていった。

でも、ルナにあるのは精液強化のスキルのみ。

(どうすれば、あたしもアリアお姉ちゃんみたいになれるんだろう?)

その答えは、アリアの義弟・レオンが教えてくれた。

レオンはルナの一つ年上で、また呪われたスキル〈絶対調教〉の持ち主だったのだ。だが、レオンはそのスキルを一度も使うことなく、剣技のみでかなりの強さの魔剣士になっていた。

「どうしてレオンお兄ちゃんは……スキルを使わないの?」

「こんな呪われたスキルに頼らなくても、俺は強くなれるから。アリアお姉ちゃんみたいに……俺もなれると信じているんだ」

レオンは優しい笑みを浮かべていたが、その瞳には強い意志の光があった。

そんなレオンのことを、ルナはすごいと思った。レオンはアリア以外の家族から疎まれているようで、ルナもスキルのせいで屋敷では敬遠されていたから、その面でも親近感を持った。

やがてルナは、アリアと同じぐらい、いや、それ以上にレオンのことを好きになっていた。

レオンやアリアと過ごす時間は穏やかで、まるで本当の姉や兄を手に入れたような気持ちだった。

（でも……）

アリアとレオンが反帝政派にさらわれたことで、二人との日々は終わりを告げた。テロリストに強いられ、レオンはアリアにスキルを使って、犯し、妊娠させてしまったのだ。

二人の身に起きた悲劇をルナは信じられなかった。そして、思う。

（アリアお姉ちゃんを救いたい……！　そして、レオンお兄ちゃん……ううん、お兄様が傷ついているなら、あたしはお兄様の力になりたい）

そのためにルナは魔剣士として修行を積んだ。

やがてルナは14歳になり、魔剣士としても、そして、女としてもかなり成長していた。

膨らんでいく自分の胸を見て、レオンと再会する日のことを夢想する。ルナはその頃から、自分の処女をレオンに捧げ、その性奴隷となることを考えていた。

そうすれば、二人とも自分の尊厳を傷つけることなく、スキルを発動させることができる。

他の男に身体を許すつもりはないし、レオンの性奴隷もルナだけで十分だ。

（待っていてくださいね……お兄様♪）

そんなとき事件が起きた。従兄弟の二人がルナの寝室に乱入してルナをレイプしようとしたのだ。もちろん、ルナのスキルと身体が目的だ。

ルナはベッドに押し倒され、犯されそうになった。恐怖に涙したルナは、けれど自分を叱咤した。

（こんなところで犯されるわけにはいかない……あたしの初めてはお兄様のものなんだか

ら！）

ルナは魔法で従兄弟たちに反撃すると、二人を半殺しにした。正当防衛だったけれど、この事件のせいで、もともと疎まれていたルナは、実家を追放されることとなる。

そして、伝手を頼って、防衛学院に飛び級で入学したのだ。

レオンとセックスした日から数日後の夜。ルナは金獅子寮の自室のベッドに転がる。その姿は下着のみだ。

「お兄様とのエッチ……気持ちよかったな」

自然と自分の秘所に手が伸びる。再会したレオンは昔よりずっとかっこよくなっていた。

でも、彼の周りにはエステルや寮長といった少女たちがいる。

エステルたちさえいなければ、レオンを独り占めできるのに。

「んっ……」

ルナは自分の秘所を指でいじりながら、甘い声を漏らす。もっとレオンに愛されたい。そのためには、もっとレオンの役に立てるようにならないと……。

そんなことを考えていたとき、部屋の扉が急に開いた。

「な、なに!?」

慌ててルナは起き上がろうとするが、遅かった。

銀髪の美しい女性が、すでにルナを拘束していたのだ。信じられない速さだった。まったく対応できなかった。

おそらく魔剣士……なのだろう。

女性は妖艶に微笑んだ。

「あら、可愛い子。こういう女の子をひどい目に遭わせるのが興奮するのよね」

「あ、あなたは誰……？」

「レオン・ランカスターの敵。そう名乗っておこうかしら」

そして、女性はルナに対し、なにか魔法を行使した。そして、次の瞬間、ルナは意識を失い
——。

目が覚めると、そこは牢屋だった。薄暗くじめじめとした地下牢だ。衣服を奪われ、一糸まとわぬ姿で鎖をつけられている。

しかも……。

「あっ、ダメえええええっ！」

目の前で全裸の若い女性が床にはいつくばり、後ろから暴力的に犯されていた。少し年上、10代後半ぐらいの黒髪が美しい人だ。

彼女は四つん這いで男のもので突かれ、大きな胸をゆさゆさと揺らし、甘い声を上げている。

やがて、正面からも別の男のものをくわえさせられ、「んんっ……」とくぐもった声を上げる。

そして、もう一人、こちらはルナと同じぐらいの年齢の少女が、「セシリアお姉ちゃん……」とつぶやいて、涙を流していた。彼女も背後から薄い胸を揉みしだかれている。

牢の外からは他にも女性のあえぎ声が聞こえてくる。

「ここはいったい……!?」

ルナは焦りと動揺で冷静さを失っていた。あの銀髪の女性に拉致されたのだろうけれど、状況がわからない。

ただ、このままだと、自分も貞操の危機だ。いや、すでに意識を失っているあいだに襲われたのかもしれない。

そんなルナに、牢に入ってきた男が声をかける。

「安心しろ。まだあんたには何もしていないし、しばらくは手を出すつもりもない」

「あなたは……」

「クラスメイトのガイル・グロスターだ。知っていると思うが、オレはレオンと因縁があってね」

「あ、あたしを犯すことで、お兄様に仕返しをするつもりですか!?」

「最後にはそうなるな。あんたを人質にして、レオンをここに呼び出してぶちのめす。それから、あいつの目の前であんたとエステルを犯してやるってわけだ。楽しみだろ?」

「あなたなんかにレオンお兄様は負けません!」

「今回の敵はオレだけじゃない」

そして、ガイルはルナに告げた。グロスター公爵家に仕える暗殺者・クロエ。彼女こそが反帝政派の幹部であり、そして、レオンにアリアを襲わせた犯人だ、と。

そのクロエがガイルの仲間なのだ。

ルナは呆然とした。アリアを救うのはレオンとルナの共通の目的だ。

そのために追い求めていた人間が、ついに目の前に現れた。

だが、状況はあまりにも絶望的だ。そして、負ければ、ルナは……目の前の少女たちと同じように、この男たちの慰み者となるのだろう。

ルナの翡翠色の目から一筋の涙がこぼれる。

「助けて……レオンお兄様！」

ルナの祈りの声が、地下牢に虚しく響き渡った。

†

「ルナが誘拐された？」

レオンが問い返すと、寮長は赤い椅子に腰掛けたまま、表情を曇らせ、うなずく。

今、レオンとエステルの二人は寮長室にいた。休日の午前。窓の外は土砂降りの雨だ。

寮長は手を机の上で合わせ、レオンを見つめる。

「たぶんの話だけど、ね。部屋には荒らされた形跡こそなかったけど、よく調べると鍵が無理やり開けられてるから……」

「そんな……。金獅子寮の結界が破られるなんて……」

アレスフォードの学院において、寮の自治権は絶対不可侵のものだ。各寮は魔剣士としての誇りをかけて、外部からの干渉を拒絶している。

その手段の一つが、寮に張り巡らされた結界だ。これを破って侵入するのは、並の魔剣士にできることではない。

学院の生徒で実行できるのは、序列上位の魔剣士か特殊スキルの持ち主のみだ。

「でも、内部の生徒と外部の犯罪者が手を組んだ可能性もあるんだよね。ううん、その可能性の方が高いと思う」

「だとしたら、犯人は……」

「レオンくんは心当たりない？」

そう問われ、レオンはすぐにルシルとガイルの姉弟に思い当たった。逆恨みとはいえ、直近で恨みを買っているのは、あの二人だ。

正直、ガイル自身は大した魔剣士ではない。ルシルは有能そうだったが、圧倒的に強い魔剣士というほどでもないだろう。

だが、グロスター公爵家という後ろ盾が二人にはある。

そうだとすれば、結界を破れるほどの実力者が公爵家に仕えていて、ガイルたちに力を貸していてもおかしくない。

寮長もそのとおりと首を縦に振る。茶色の髪がふわりと揺れた。

珍しく寮長の表情は常に真面目だった。自分の寮の女子生徒がさらわれたのを心配し、憤っているのだろう。

「もしルナちゃんがガイル・グロスターにさらわれたなら、その場所は黒鷲寮の……地下牢かな」

「地下牢？」

「ほら、噂で知っているでしょ？　白百合寮の女子生徒だったセシリア・ブラウンさんが決闘に負けて……その……ひどいことをされて、男子寮に監禁されているって」

寮長はほんのりと頬を赤くした。さすがの寮長も言いづらかったらしい。

セシリア・ブラウンは、去年、三年生で学院序列三位だった。天才美少女剣士として知られ、平民出身者でもあることから人気が高かったと聞く。

だが、それがゆえに目をつけられ、友人の少女を人質にとられ、「負けたら何でも言うことを聞く」という望まない決闘にセシリアは誘い出された。

そして、卑劣な罠で決闘に敗れた。そもそも相手は五人の男子で、セシリアは一人。しかも、人質の少女は性的な拷問を受けて、セシリアの弱点をすべて話してしまったのだという。

結果、数人がかりでセシリアは嬲り者にされ、衣服を徐々に奪われ、観客の前で胸を揉まれたり、秘所をまさぐられたりと性的な辱めも受けたという。

それでもセシリアはしばらく負けを認めなかったが、レイプされそうになり、「もう私の負けでいいから……！」と降参し、必死に許しを懇願した。

もちろん男たちはそれでセシリアを解放するわけもない。勝者の権利として、セシリアを男子寮の地下牢に連れ込み、輪姦した。

処女を失ったセシリアは、最初こそ抵抗していたが、やがて精神を崩壊させ、一年経った今でも慰み者となっているらしい。

レオンは顔を青くした。

「それと同じ目にルナが……？」

「……うん。信じたくないけど……可能性としてはあると思う。ルナちゃんには、精液強化のスキルもあるから、なおさらね。ただ、人質としての価値があるから、まだガイルはルナちゃんには手を出していないかも」

レオンとしても後者であることを信じたかった。

いずれにせよ、一刻も早く、ルナを救い出す必要がある。

(ルナは……こんな俺のことを好きと言ってくれて……)

処女も捧げてくれたのだ。魔女ステラと同じ運命をルナにたどらせるつもりはない。

絶対に助け出さないといけない。

寮長も力強くうなずいた。

「でも、証拠がないから、寮長のあたしでも手を出せない。寮の自治権は絶対だからね」

「だとすると、証拠をつかめばいいわけですね」

「そのとおり。ねえ、レオンくん。ルナちゃんを救うためなら、どんな手段でも使う？」

「もちろんです。地獄に堕ちてでも、ルナを助けてみせます」

寮長は満足そうな笑みを浮かべた。

「それなら、取るべき手段は一つ。ガイルの姉ルシル・グロスターを誘拐して、レオンくんの性奴隷にするんだよ」

「ルシル・グロスターを誘拐して性奴隷に……!?」

驚きのあまり、レオンは寮長の言葉をオウム返しにしてしまった。

寮長はこくこくとうなずく。

「やられたらやり返さないと！」

「いやいやいや、でもルシル先輩には責任はないですよ。それに俺は先輩には手を出さないと取引してしまいましたし……」

「風紀委員としての告発をしない代わりに、ルシルさんを見逃したんだよね。でも、あの人、レオンくんたちに仕返ししようとしているよ」

「え？」

「ガイルに泣きついて、ルナちゃんをさらわせる計画にもルシルさんは関与してる。例の写真さえ取り返してしまえば、ルシルさんは何も恐れる必要はないし、今度こそレオンくんたちを退学まで追い込むつもりだよ？」

「……ルシル先輩は、約束を破ったわけですね」

「レオンくんは甘いんだよ。あの場でルシルさんを性奴隷にしておけば、ルナちゃんもさらわれなかったかも」

寮長の言葉が、レオンの胸に突き刺さる。そう。この事態を招いたのは、レオンだ。

ルナは完全に巻き込まれただけなのだ。

寮長はふっと優しい表情を浮かべると、突然椅子から立ち上がり、そしてレオンを抱きしめた。

温かい感触と、大きな胸の柔らかさを正面から感じ、レオンはどきりとする。

「寮長……？」

「そんな顔しないで。甘いところがレオンくんのいいところなんだから。でも、もう遠慮する必要はないんだよ？」

そのとおり。約束を破った以上、レオンはルシルを襲って性奴隷にして、口封じするしかない。それに、ルナの誘拐の件でも証拠をつかめるし、有力な交渉材料になるはずだ。

「絶対調教スキルでレオンくん自身も強くなれるし。でも、そういえば、どう？　エステルちゃんとリンカちゃんを手籠めにして、強くなった気がする？」

「て、手籠めって……そんな表現使わないでくださいよ。そうですね。多少魔力が強化されている気はしますが……それだけですね」

「うーん。まだなにかが足りないのかな。誘拐犯は、かなり強いと思う。ガイルよりも、エステルちゃんよりも。だから、レオンくんもこれまでと同じじゃ、勝てないかも」

寮長はレオンを放すと、小首をかしげる。

つまり、絶対調教スキルをフルに活用しないといけない。だが、その真の活用方法は誰にもわからないのだ。

義姉のアリアは何かしら知っていたようなのだが、今、彼女を頼ることはできない。

「あたしが一肌脱いでもいいけど……」

と言いながら、寮長はブラウスのボタンを外し、そのきれいな上半身が露わになる。水色の下着と胸の谷間が目に眩しい。

レオンは慌てて目をそらす。

「あー、レオンくん。照れてる？」

「な、何度言ったらわかるんですか!?　本当に襲っちゃいますよ」

「レオンくんが困っているなら、あたしを襲ってくれてもいいよ。スキル対象の人数を増やせば、解決するかもしれないし」

寮長はそんな甘い言葉をささやく。レオンは反射的に寮長の肩に手をかけてしまう。

「あっ……」

寮長が顔を赤くして、目を閉じる。

「さ、先にキスから……して？」

レオンは迷った。この優しくて可愛い先輩に、自分の汚れたスキルを使ってもいいのか。もしそうなれば、レオンの好きな寮長は、ただの発情する雌奴隷になって、いなくなってしまうのではないか。

けれど、ルナを救うためなら、手段を選んでいられないのも事実。

その逡巡を、一人の少女の声が打ち破った。

「寮長にも手を出すなんて、ダメ！　あなたの性奴隷はわたしで十分でしょう!?」

制服姿のエステルが柳眉を逆立てて、部屋に乱入してきたのだ。

レオンも寮長も、エステルの突然の登場にはかなり驚いた。

「な、なんでエルミジットさんがここにいるの？」

レオンが尋ねると、エステルは扉を閉じながら不機嫌そうな表情を浮かべた。

「あなたが寮長といかがわしいことをしないか、監視していたの！」

「つまり、盗み聞きってこと？」

「ち、違うわ！」

エステルは目をそらす。

どう考えても盗み聞き以外の何物でもないとレオンは思った。

「性奴隷の子を増やすなんて、そんなハレンチなのはわたしは認めないんだから……」

エステルは小声で言う。その様子はいつもと違って、どこかしおらしかった。

寮長は胸元をはだけたまま、あれれーと愉快そうな笑みを浮かべる。

「もしかしてエステルちゃん、嫉妬してるの？」

寮長はエステルに近づき、後ろ手に身をかがめてからかうように言う。その仕草はとても可愛らしかったが、同時に下着の上からでもはっきりとわかる大きな胸が強調されて、レオンはどきりとした。

一方のエステルは完全にうろたえていた。

「し、嫉妬なんてしません！　どうして、わたしがこんな奴のことで嫉妬なんか……」

「じゃあ、あたしやルシルさんがレオンくんの性奴隷になって、毎日ご奉仕してもいいよね？　ルナちゃんもリンカもいるし、エステルちゃんは放置されちゃうかもだけど」

「そんなのダメです！　わたしもご奉仕するんですから！」

エステルは口走ってから、はっとした表情で口を手で覆う。

レオンと目が合うと、エステルは顔を真っ赤にした。

「わたしもレオンにエッチなことをされたいなんて、全然思ってないんだからね！　だいたいスキルのせいで発情しちゃうから困ってるだけで、気持ちいいなんて、そんなことないんだから！」

レオンと寮長は顔を見合わせた。

寮長はふふっと笑う。

「エステルちゃん、すっかりレオンくんのエッチを気に入っちゃったんだね？」

「ど、どうしてそうなるんですか！」

「エステルちゃんってツンデレだよねー。それに、レオンくんのこと、名前で呼ぶようになったんだ」

そういえば、さっきエステルは「レオン」と名前で呼んでいた。これまでは「ランカスター君」だったのに。

エステルは指摘されると、「そ、それは……」と恥ずかしそうにする。

そして、レオンを上目遣いに見た。

「ら、ランカスターって、ルナさんとも姓がかぶるでしょう？　だから名前で呼んだだけ！

深い意味なんてないんだから」

「そ、そうなの？　まあ、エルミジットさんがそうしたいなら、それでもいいけど」

「……ルナさんのことは名前で呼ぶのに、わたしのことは名字呼びなんだ」

エステルがむうっと頬を膨らませて言う。

「名前で呼んだ方がいい？」

「そ、そういうことじゃないもの」

「なら、今までどおり『エルミジットさん』と呼ぶことに――」

突然、エステルがレオンの服の袖をつまんだ。

どうしたのだろう、とレオンが思うと、エステルは少しためらってから言葉を紡ぐ。

「不本意だけどわたしはあなたの性奴隷なんだから、名前で呼び捨ての方が自然でしょ？」

「あー、それは……そうかな？」

しかし、クラスの女子を名前で呼ぶのは少し恥ずかしい。幼馴染のルナは慣れているけれど、
エステルは聖女とも呼ばれるみなの憧れの存在なのだから。

散々エッチなことをしたから、いまさら名前呼びを恥ずかしがることもないのだけれど。

寮長もレオンの耳元でささやく。

「エステルちゃん、名前で呼んであげなよ。すごくそうしてほしいみたいだし」

「そうでしょうか……？」

「そうそう。エステルちゃん、レオンくんの性奴隷じゃなくて、レオンくんに恋する女の子になっちゃってる」

エステルが自分を好きだとはレオンは思えなかった。

けれど、ともかく、ここでエステルの名前を呼ばないと、話が終わらなそうだ。

「えーと、エステルさん？」

ぱっとエステルは顔を輝かせ、それから、照れ隠しのようにうつむいた。

「『さん』はいらないのに。でも、今はそれで許してあげる」

不思議な甘い雰囲気に、レオンは動揺する。もし、今、レオンがエステルを抱き寄せても、嫌がらない気がした。

それはスキルのせいでも、決闘に負けたせいでもなさそうだ。

レオンはそっとエステルの肩に触れた。エステルも「あっ……」と小さな声を上げるけど、抵抗はしなかった。

まるでキスを待ち望むように、エステルがその赤くみずみずしい唇を差し出す。

そのままだったら、レオンはエステルと唇を重ねていただろう。

ところが――。

「はい、そこまで」

寮長がレオンとエステルを止める。寮長は、いつもは二人にエッチなことをさせようとするので、珍しい。

レオンが寮長を見ると、寮長は肩をすくめた。

「ここは寮長室だよ？　二人のエッチな匂いが染み付いたら困っちゃう」

「そ、そんなことしません」

エステルは小声で言うが、まったく説得力がなかった。

寮長はふふっと笑った。

「エッチするなら、レオンくんの部屋でたっぷりしていいよ。ルシルさんを誘拐する作戦のためにも、絶対調教スキルを高めておかないとね。でもね」

寮長はそこで言葉を切ると、くすっと笑う。

そして、少し恥ずかしそうに小さな声で言う。

「いつも目の前でエステルちゃんとのイチャイチャを見せつけられると、あたしだって、嫉妬しちゃうんだよ。覚えておいてね、レオンくん？」

そして、寮長はレオンに抱きつくと、その柔らかい胸を下着ごしにレオンの身体に押し当てる。

美人の先輩女子の顔は、真っ赤になっていた。

†

結局、寮長にはスキルを使わなかった。寮長はレオンにとって大事な女性で、性奴隷にして人格に影響を与えてしまうのは抵抗感がある。

それに、寮長のあの軽いノリからは想像できないが、彼女は公爵令嬢であるエステルやルナよりも遥かに高い身分の生まれだ。

いくら挑発されても、レオンもおいそれと手を出せない。もっとも、寮長はウェルカムなようだけれど。

その後、レオンはスキルを使うため、エステルを連れて自室に戻った。

寮長に抱きつかれているレオンを見て、エステルはかなりヤキモチを焼いてしまったらしい。

エステルは、素直に男である自分の部屋に入ってしまう。

部屋に入れば、エッチなことをされるとわかっているはずだ。

それでも、エステルはレオンの服の袖をつまみながら、しおらしくついてきた。

部屋に入ると、メイドのリンカが出迎えてくれた。彼女はメイド服のスカートの裾をつまみ、うやうやしく頭を下げる。

「おかえりなさいませ、我がご主人さま」

それはメイドとしては完璧な仕草だった。さすがグロスター公爵家の元メイドだけあって、教育が行き届いている。

エステルはびっくりしたように目を開いた。

「ど、どうしたの？　あんなにレオンに従うことを嫌がっていたのに」

「決闘の条件で、ガイル様からレオンさんに私が差し出されたのは事実ですから」

リンカは淡々と言う。今のところ、リンカは意外とレオンに従順だった。

強引に犯されて性奴隷とされたのに、同じ部屋に住んでメイドとしての仕事もしてくれている。

グロスター公爵家の反帝政派の情報もリンカは進んで話してくれた。

といっても、リンカが知っているのは、グロスター公爵家に怪しげな女暗殺者が仕えているらしいということぐらいだったが。

それは、リンカが他に行き場がないという事情のせいだ。最愛の人であるガイル、そして父にも裏切られ、娼館に売り飛ばされそうになっていたからだ。

もうリンカに帰る場所はない。だからこそ、レオンはリンカを自分の部屋に置くことにした。

エステルは部屋をきょろきょろと見回した。

「ベッドが一つしかないじゃない？」

リンカは少し顔を赤くし、そしてくすりと笑った。

「レオンさんと同じベッドに寝ることにしたんです」

「そ、そんなハレンチなのダメっ！」

「いまさらですよ。私はこのひとに犯されてしまいましたし」

「で、でも……」

「羨ましいんですか？　やっぱり、エルミジット様は淫乱ですよね」

「私は淫乱じゃない！」

エステルは顔を真っ赤にして叫ぶ。

ともかく、リンカがいては話が進まない。

レオンはリンカにしばらく席を外すように命じた。「かしこまりました」とリンカは頭を下げ、そして部屋から退出する。

そして、レオンはエステルと向き合った。

ルナ救出作戦を話し合うためだ。

その前段として、レオンはルシルを襲うつもりだった。交渉の材料にもなるし、ルシルが約束を破った以上、口を封じておかなければならない。

なのだけれど、エステルがそれに賛成かどうかは別問題だった。

レオンの部屋で、エステルをどこに座らせるべきか、レオンは迷った。

こないだもエステルはレオンの部屋に来たけれど、そのときは寮長と（ベッドの上で犯されて気を失い、秘所から白濁液をこぼれさせた）リンカがいた。

今回はリンカも退出し、二人きりだ。

レオンが口を開く前に、エステルはベッドの上に腰掛けた。

少しレオンは驚く。

「そこでいいんだ？」

「な、なによ？　悪い？」

「悪くはないけど……」

ベッドの上のエステルは制服姿で、スカートの下からは白いほっそりとした脚が見えている。

見下ろす形になっているので、ブラウスの胸元から谷間がちらりと見えていた。

ごくりとレオンは生唾を飲む。そんなレオンの視線に、エステルも気づいたらしい。

「い、いま、エロいことを考えていたでしょ？」

エステルが顔を赤くして睨む。

レオンは肩をすくめた。

「考えさせたのは、エステルさんだよ」

「……名前、ちゃんと呼んでくれるんだ」

エステルはそんなことをつぶやく。二人は名前で呼び合うと約束した。

だから、レオンはそれに従ったのだけれど、エステルにとっては特別な意味を持つらしい。

レオンはベッドに腰を下ろし、エステルの隣に座った。

なんとも言えない雰囲気になる。勢いで何度か襲ったとはいえ、クラスで一番の美少女がいると思うと、緊張してしまう。

それに、エステルとはまだ最後まではしていない。

エステルがそっとレオンの手に自分の手を重ねる。

その手はひんやりとしていて、とても心地よかった。

「こうしていると、わ、わたしたち、恋人みたいよね……？」

エステルが勇気を振り絞るように、そんなことを言う。レオンはまじまじとエステルを見つめた。

エステルは恥ずかしそうに目をそらす。

「わたし、言ったよね。あなたがお姉さんを取り戻すのを手伝うって」

「そうだね。ルナの奪還にも協力してくれる？」

「もちろん」

「それが……あのルシル先輩を性奴隷にすることであっても？」

エステルはうつむき、黙ってしまった。レオンと寮長のルシル性奴隷化作戦をエステルは聞いていたはずだ。

やはり潔癖なエステルは、先輩女子を性奴隷にするのに否定的だろうか。

エステルは顔を上げると、レオンをまっすぐに見つめた。

「この先もレオンは性奴隷を増やしていくの？」

「それが必要なら、そうすると思う」

「なら、わたしが必要でなくしてあげる」

「え？」

「レオンの性奴隷は、わたし一人でいい。ううん、わたし一人にしてほしいの」

エステルはきれいな声でそんな言葉を紡いだ。

（ど、どういう意味だろう……？）

レオンの視線にエステルは顔を赤くした。

「つ、つまり……あなたが他の女の子にひどいことをするのは、わたしが許さないってこと！」

「だから、エステルさんが身代わりになるわけ？」

「そ、そうよ！　べ、別に他の女の子にあなたを取られたくないとか、ヤキモチを焼いているとか、そんなんじゃないんだからっ！」

エステルの言葉に、レオンはくすりと笑う。

可愛いな、とレオンは思ってしまう。

スキルのせいで性奴隷として従順になっているときよりも、今のエステルの方がずっと可愛い。

「でも、俺のスキルはまだ本当の力を発揮できていない。なるべくいろんな女性に試さないと……」

「それで、無理やり女の子を性奴隷にするってわけ？」

「ルナは自分から俺の性奴隷になってくれると言ったし、リンカも今では自分の境遇に納得しているよ」

「でも……やっぱり、いろんな女の子とするなんて、ハレンチだわ」

「だから、エステルさんとだけエッチなことをしろっていうこと？」

「そ、そうよ！　わたしが何でもするから、だから、わたしだけをあなたの性奴隷にして

「……」

そして、エステルは制服の上着を脱ぎ、ブラウスの胸元のボタンを外した。

恥ずかしそうに、エステルはレオンを見つめる。

「ダメ？」

「それは……」

「わたし一人でもあなたを満足させるから」

レオンはそっとエステルの肩に手をかけ、そのままベッドに押し倒した。

ぎゅっとエステルが目をつぶる。

「……受け入れてくれるの？」

エステルは小さな声で問いかける。

もしかしたら、エステルは自分に好意を持ってくれているのかもしれない、とレオンは思う。

もしそうなら、それは嬉しいことだ。

（だけど……）

レオンの目的は、姉のアリアを助けることだ。その目的のために、スキルに制約を課すようなことはできない。

だから、エステルとの約束は受け入れられない。

「ごめん」

「……そう言うと思っていたわ」

エステルは寂しそうにつぶやく。

「だから、俺はルシル先輩を性奴隷にする。それが必要なことだから」

「そう。なら、わたしも協力するわ」

レオンは目を丸くした。エステルは顔を赤くする。

「言ったでしょう？　わたしはあなたの目的のために協力するって。それに、わたしはあなたの性奴隷だもの。主人の言うことは聞かないとね」

「本当にいいの？」

「ええ。ルナさんを助けたいし、どのみち、他に選択肢はないから。でも……」

エステルはレオンをまっすぐに見つめ、そして女神のような笑みを浮かべた。

「未来のことは誰にもわからないもの。いつか、あなたがわたしだけを必要とするようにしてみせるんだから」

†

結局、レオンはエステルの協力を得て、ルシルを襲撃・拉致することにした。

ルシルが住んでいるのは、八つの学生寮のうち白百合寮だ。

女子寮であり、上級貴族エリアと下級貴族・平民エリアに分かれていて内部は対立が激しいと聞く。

いずれにせよ男子禁制の秘密の花園だ。下級貴族・平民エリアには、帝国防衛学院の学費が払えない女子がいて、他寮の男子生徒相手に娼婦のようなことをしているなんて黒い噂もある。

ただ、内部の協力者がいなければ、男子生徒は簡単に入ることができないのは間違いない。

そう。内部の協力者がいなければ。

クロエという女の子に、寮への入り口を開けてもらったのだ。彼女はエステルの友人で、白百合寮の生徒らしい。

もちろん、本当の理由は言っていない。エステルが彼女の部屋へ遊びに行くと言っている。その後、すっぽかしてレオンを引き入れて、ルシルの部屋へ直行するのだ。

レオンは少し心配になった。

「あとでクロエさんに怒られたりしない？」

「怒られるでしょうね。理由がバレたら絶交だと思う。でも……ご主人さまのためだから」

ふふっと笑い、エステルは自分の大きな胸の上に手を置いた。

その仕草が可愛くてレオンは思わず見惚れる。

ちなみに二人は女子寮の廊下にいて、ルシルの部屋の前で待機している。彼女の部屋には来客中のようで、一人になったところを襲う予定だった。

もちろん普通に突っ立っていたらバレバレなので、レオンもエステルも透化（インビジブル）の魔法を使っている。お互いの姿はわかっても、他の人間からは姿は見えない。

ただし、声は聞こえてしまうので、二人とも小声で話している。

（それにしても……）

エステルが従順すぎて調子が狂う。いつもの強気で高飛車な態度の方が馴染みがあるのだ。

衝動的にレオンは、エステルに手を伸ばす。そして、スカートの上からその豊かな尻を撫でた。

エステルはさっと顔を赤らめる。

「ひゃっ……ちょ、ちょっと、なにしてるの……!?」

「いや、エステルさんがあまりにも大人しいから、つい……」

「わたしはあなたの性奴隷だから当然でしょっ!? あっ……」

レオンはエステルの制服のスカートをめくってしまう。すると、そこには真っ赤で大胆な透け透けの下着があった。

「エステルさん……」

「べ、べつにあなたにそういうことをされるのを期待しているから、こんなハレンチな下着を着ているわけじゃないの！」

「なら、どういうわけ？」

「た、たまたまよ」

あまりにもあからさまなごまかしにレオンはくすりと笑ってしまう。

そして、エステルのブラウスのボタンに手をかけた。

ブラジャーも同じデザインをしているはずで、見てみたくなったのだ。

意外にもエステルは抵抗せず、ただ「レオンの変態……」とつぶやくだけだった。

第一ボタンを外して、胸の白い谷間が見えると、レオンはごくりと生唾を飲む。どのみち待っているあいだにできることはない。

そのまま第二ボタンに手をかけたとき——。

ガチャリと、ルシルの部屋の扉が開いた。レオンもエステルもすぐに臨戦態勢になる。

いよいよ、だ。ルシルの部屋の客人が廊下から去ったら——。

ところが、レオンはその来訪者を見て驚いた。

若く美しい女性だ。

白色の露出度の高いドレス。銀色の長い髪。美しいが、どこか冷たさのある顔立ち。

彼女は一瞬、こちらを見てくすりと笑った気がした。

(まさか……！)

忘れるはずもない。

その女は、レオンに義姉のアリアをレイプさせた反帝政派幹部だった。

第六章　風紀委員ルシルとの決着

レオンは迷った。目の前に、アリアをひどい目に遭わせ、さらった張本人がいる。

彼女を追えば、アリアを救えるかもしれない。

一方で、レオンはあの反帝政派の女に勝てる自信はなかった。あれほど優秀だった姉のアリアも、歯が立たず敗れ、屈辱的な凌辱を受けた。

今、レオンがあの女に戦いを挑み、負ければどうなるか？　ルナを助け出すことはできなくなる。

そして――。

隣にいるエステルを、レオンはちらりと見た。エステルは不思議そうに小首をかしげる。

勝ち目のない戦いにエステルを巻き込むわけにはいかない。

レオンが負けた後、あの女はエステルがレオンの性奴隷だと知って、面白半分に多くの男にエステルをレイプさせるかもしれない。

そうすることがレオンの最大の屈辱となるからだ。そうなったら、レオンは自分を許せないだろう。

（今回は見逃すしかないか……）

あの女とルシルはつながりがあるようだ。ルシルを性奴隷にすれば、手がかりもつかめる。

いつかあの女にもアリアが味わったのと同じ屈辱を味わわせてやる。つまり、力でねじ伏せて犯し、泣き叫び許しを乞おうとも性奴隷にして孕ませるのだ。

最愛の姉を傷つけた存在を、レオンは許すつもりはなかった。

エステルが心配そうにレオンを見上げる。

「どうしたの？　怖い顔をして」

「いや……」

「あの子がわたしの友達のクロエなんだけど……」

「えっ？　そんなはずは——」

レオンは絶句した。

この寮への侵入を手引きしたのは、エステルの友人のクロエという女子生徒だ。それがあの女と同一人物？

考えてみると、三年前のあのときから、あの女はいっさい歳を取ったように見えない。10代後半から20代前半という変化の激しい年齢で、三年といえばそれなりの年数になる。

クロエはなぜこの学園に潜入しているのだろう？

レオンは混乱し、すぐに考えるのをやめた。

今、最優先にすべきことはルナの救出であり、そのためにルシルを襲う。

それだけを考えるべきだ。

レオンはエステルとともに、ルシルの部屋へと踏み込んだ。

鍵を開けるための道具も魔法も用意していたのだが、不用心なことに、ルシルは施錠をしていなかった。

そのうえ――。

「ふーん、ふんふふーん♪」

鼻歌が、シャワーの音に混じって聞こえてくる。

どうやら入浴中らしい。他人の大事な妹を拉致している――少なくとも計画には加わっている――のに、呑気なことだと思う。

だが、好都合だ。全裸のルシルなら、敵ではない。

レオンはちらりとエステルを見た。

「俺はルシル先輩を性奴隷にする。エステルさんは……本当に反対じゃない？」

「協力するって言っているでしょ？　わたしはあなたの性奴隷だもの。まあ、その……嫉妬はしちゃうかもしれないけどね」

「エステルさんも、風呂場で裸のところを襲われたいわけ？」

レオンがからかうように言うと、エステルは顔を赤くした。

エステルは恥ずかしそうにしていたが、急にくすりと笑った。

「今のあなたになら、襲われてもいいかも」

思わぬ反撃に遭い、レオンはうろたえる。

そういえば、エステルを性奴隷にするきっかけも、風呂場でばったり会ったことだ。あのときのエステルは、風呂場で胸を触られて強引に抱きすくめられ、怯えていた。

そのエステルが、今度はレオンが別の女の子を襲うのを手伝っている。レオンのためだから、と言って。

不思議なものだと思う。

レオンは深呼吸した。そして、脱衣場へと踏み込む。

制服のスカートや、赤のネクタイ、それに純白の下着が脱ぎ散らかされている。

どうやらルシルは見た目と違って、けっこういい加減らしい。

レオンは自分もズボンとパンツを脱いだ。エステルが「何をしているの!?」と目で訴えるが、レオンは肩をすくめてそれに答える。

今回はフェラをさせて精液を飲ませて……といった悠長なことをしている暇はない。

ルナの貞操の危機だし、クロエという女のことも気になる。風呂場で即座にルシルを襲い、性奴隷にするつもりだった。

レオンは風呂場の扉をガチャっと勢いよく開けた。

シャワーを浴びているルシルがそこにはいた。

濡れた黒髪が豊かな胸元にぴったりと張り付いていて、巨乳であることが強調されなまめかしい。

ルシルはこちらを不思議そうに振り返り、そして、その表情が恐怖に固まる。

「えっ、なんでっ……ここに……」

「あなたを性奴隷にしに来ました、ルシル先輩」

「あっ、きゃあっ――んんっ!!」

悲鳴を上げたルシルの口を、レオンは右手でふさいだ。

同時にその身体を浴室の壁に押さえつけ、裸の胸を左手で揉みしだく。

「んんっ――」

ルシルはくぐもったあえぎ声を上げる。

その頬は真っ赤で、涙目になっていた。

そのままレオンはルシルを犯すつもりだった。

ところが――。

抵抗するルシルの手が空を舞う。次の瞬間、その手には一本の光り輝く剣が握られていた。

ルシルの手に握られているのは魔剣だ。

(だけど、どうやって……?)

間違いなく、ルシルは一糸まとわぬ姿でシャワーを浴びていただけのはずだ。

魔剣を取り出す暇もなく、レオンに襲われている。

だが、現にルシルは武器を手にしていた。すぐにレオンは押さえ込もうとするが、遅かった。

こちらの一瞬の動揺をついて、ルシルが魔剣を振るおうとする。

レオンは魔剣を抜いていないし、斬られたらひとたまりもない。

慌ててレオンはルシルの口を押さえる手を放し、後方の脱衣場まで飛び退る。

そして、魔剣を抜き放った。後ろに控えていたエステルも腰から魔剣を抜いた。

ルシルは怒りと羞恥の混じった目で、顔を真っ赤にしてこちらを睨んでいた。

「一人暮らしの女子の部屋に侵入して、風呂場で襲うなんて……よくもこんな卑怯なことをできたものね！」

「俺たちとの約束を破って、ルナを誘拐した先輩に言われる筋合いはありませんよ」

「……っ！　私はルナさんをレイプさせたりなんてしていないわ」

「先輩はしていなくても、ガイルは間違いなくルナを犯すつもりでしょう？」

「私の弟はそんなことしない！」

やはりルシルは黒鷺寮の地下牢で、複数の女子生徒が強姦されていることは知らないらしい。

いや、知っていても信じようとしていないのだろう。

ガイルはエステルを襲おうとした事実もあるのに、ルシルはエステルの誘惑が原因だと言い張っていた。

一瞬、レオンは全裸のルナが牢に繋がれ、ガイルたちに襲われているところを想像してしまう。「助けて、お兄様！」とルナが叫ぶ。

（絶対に、ルナをそんな目に遭わせない……！）

寮長の推測どおりなら、ガイルはルナにまだ手を出していないはずだ。

一刻も早く助け出す必要がある。

そのためにもルシルを制圧することが必要だ。

ルシルは不敵に笑う。

「魔剣さえあれば、私は負けないわ」

「こないだみたいに、ぐずぐず泣いて『許してください……』なんて言うことはないわけですね」

レオンはあえて挑発するようににやりと笑う。途端にルシルの表情は憤激したものに変わった。

やはりこの人はただの温室育ちのお嬢様だ。

「あれはあなたがセクハラしたからでしょ!?」

「いいんですか？　そのセクハラした相手の目の前で全裸ですけど」

ルシルは自分の身体を見て、途端に慌てふためいた表情になる。

一糸まとわぬ姿を、ルシルはレオンたちにさらしていた。大きな胸の桜色の突起も、秘所の恥毛も、何も隠せていない。

ルシルは左手で胸を隠し、剣を持った右手で秘所をかばう。だが、その状態ではもちろん戦えない。

「卑怯者……！」

「ルシル先輩が望むなら、下着ぐらいは身に着けてもいいですよ。ただし、交換条件があります」

レオンは深呼吸して、ルシルにある提案をした。

「決闘をしましょう、ルシル先輩。勝った方が負けた方に何でも命令できるという条件です」

「わ、私がなんでそんな決闘に乗らないといけないの!?」

「いいんですか、このままだと裸のまま戦うことになりますけど？　決闘に合意すれば、下着を着てもかまいません。あとエステルは決闘には参加せず、俺一人が戦います」

レオンは淡々と告げた。

一応、ルシルの合意があったという体裁を取りたい。これからレオンはルシルを犯し、中出しして性奴隷にするが、これは犯罪といえば犯罪だ。

もちろん性奴隷にさえしてしまえば、ルシルは反抗できなくなるし、告発もできなくなる。それでも決闘の形にすれば、心理的なハードルは大きく下がる。

合意の上の決闘にすれば、負けた側は何をされても文句は言えない。かつて優等生の美少女魔剣士セシリア・ブラウンが決闘に負けたことで、後輩男子20人に輪姦され、男子寮の慰み者になることを強いられたように。

ルシルもそのことがわかっているのだろう。

顔を赤くして、レオンを睨む。

「ま、負けたら私をレイプするつもりなんでしょ？」

「合意なんだから、レイプではありませんね。まあ、性奴隷にはなってもらいますが」

絶対調教のスキルは、体液を相手に取り込ませることが必要となる。

ということでフェラでないかぎり、膣内射精は必須だし、妊娠の可能性もある。

ルシルからしてみれば、かなりの危機だろう。

ただ、ルシルには選択肢はない。このまま裸で戦うか、レオンの提示した条件を飲むか、どちらかだ。

ついでに、決闘の形式を取らないなら、ルシルはレオンとエステルの両方を相手にしないといけない。

ルシルは深呼吸をした後、しばらくしてにやりと笑った。

「いいわ。なら、私が勝ったら、あなたたちも命令を聞かないといけないのよね」

「そうですね。そんなことが起きれば、ですが」

「私の実力を知らないの？　学園序列七位なのよ？」

ルシルはたしかに強敵だ。もちろん、事前に調べてある。魔剣を持っていなければただの弱い少女だが、魔剣士としては一流の腕を持っている。

それでも、レオンは勝つつもりだった。

だが――。

「私が勝ったら、エルミジットさんにはガイルの『恋人』になってもらおうかしら」

ルシルは悪意のある笑みを浮かべていた。

もちろん、恋人とは言葉どおりの意味ではないだろう。

間違いなく、リンカや、地下牢の女性たちのように、ガイルの慰み者として犯される存在のことだ。

エステルは怯えたように後ずさる。

こういう事態も起こると想定していた。レオンはエステルを巻き込んでしまったのだから。

「エステルさん、ごめん」

「なんで謝るの？　わたしはあなたの性奴隷だし、それに……」

エステルの顔から恐怖の表情は消え、決然とした様子でまっすぐにレオンを見つめた。

「わたしはご主人さまが絶対に勝つって信じているから」

「ありがとう」

レオンがそう言うと、エステルはきれいな顔に微笑みを浮かべた。

エステルの信頼を裏切るわけにはいかない。

もしレオンが負ければ、ルナだけでなく、エステルも犠牲となり、その純潔を理不尽に奪われることになる。

レオンは剣の切っ先をルシルに向けた。

ともかく、決闘は成立した。

負けた方には破滅が待っている。

だが、その前にレオンは約束を守らないといけない。

「下着を拾ってもいいですよ」

脱衣場の純白の下着をレオンは指差す。

ルシルはスタイル抜群で、かなり胸も大きい。

手で胸を隠しても、そのたわわな膨らみははっきりと見て取れる。

それに応じて、当然、ブラジャーのサイズも大きいわけで。

ちなみにブラジャーは最近発明された下着だ。この50年で世界は大きく変わっていて、帝国では鉄道が敷かれ、大規模な工場が人々の暮らしを支えている。

そうした変化の一つが、服装の変化で、ブラジャーとショーツという薄手の下着はまたたくまに普及している。

レオンはルシルの冷静さを失わせる方法を思いついた。

「先輩って、ブラのサイズは何カップなんですか？」

案の定、かあっとルシルは顔を赤くした。

「な、なんであなたにそんなことを言わないといけないわけ？」

隣のエステルも少し呆れたような表情を浮かべていた。エステルがレオンに耳打ちをする。

「せっかくわたしはあなたを信じるって言ったのに……さっきまでいい雰囲気だったのに、台無しじゃない！」

「挑発だよ、挑発。ルシル先輩の冷静さを失わせれば、より確実に勝てるようになる」

「そうだとしても――きゃっ」

レオンはエステルの大きな胸を左手で無造作に揉んだ。ドキドキした表情で、エステルはレオンを上目遣いに見つめている。エステルは青い目で「なんでこんなことをするの？」と問いかけているように見えた。

レオンは肩をすくめると、ルシルの方を見る。

「答えたくないなら、こんなふうに性奴隷にした後に実際に確かめるだけですね」

「ひ、卑怯者……！　というか、あなたってエルミジットさんのブラのサイズを知っているわけ？」

言われてみれば、エステルの胸のカップサイズなんて知るわけもない。

一度も聞いたことはない。聞くのはセクハラな気がする。

（まあ、胸を揉んでフェラもさせて性奴隷にした今となっては、いまさらだけど）

そう考えていたら、エステルが恥ずかしそうに小声で「Eカップ」と耳打ちしてくれた。

レオンは驚き、それから「ありがとう」と小声で言う。言いながらも、胸を揉む手は止めない。

エステルはジト目でレオンを睨みながら「あとでご褒美のキスをしてくれないと、許してあげない」と口走り、それから照れたように目を伏せた。

ともかく、レオンはルシルにエステルのカップサイズを告げて、そして「先輩も俺の性奴隷になったら、こういうふうに何でも答えないといけなくなりますよ」と言った。

「まあエステルより小さいから、恥ずかしくて言えないかもしれませんが」

「なっ！　わ、私はF……」

言いかけて、ルシルは口をつぐむ。

簡単に誘導に引っかかって、レオンは思わず笑ってしまう。

ルシルのこぼれ落ちそうな胸を、レオンはちらりと見る。

手で隠しても隠しきれていない。濡れた黒髪が胸元に張り付いていて扇情的だ。

「じ、じろじろ見ないで……！」

「なら、早く下着を拾ったらどうですか？」

「あなたが見ている前で、下着をつけるなんてできないわ。後ろを向いていてよ」

「ダメですね。それで後ろから斬りつけられる可能性がありますから。ルシル先輩は一度約束を破っていますし」

「っ……！」

ルシルは赤面しながら、結局、剣を置いて、脱衣場の下着を手に取った。

ブラとショーツのどちらから身に着けるか迷ったようだったが、ショーツを先にしたらしい。

彼女は両手で白いショーツをつかみ、身をかがめて、ほっそりとした脚を通す。もちろん胸を隠すことはできないから、桜色の突起が目立つ大きな胸がぶるんと揺れる。

（無防備だな……）

今、ここでルシルを騙し討ちして襲えば、間違いなく勝てる。魔剣を置いたルシルはただのひ弱な少女にすぎない。

そのままベッドに押し倒して犯せばいい。ルナを救うことを考えれば、それがリスクが一番低い方法だ。

ただ、それは約束違反だ。あくまで決闘という形でレオンは勝つことにこだわった。

それは、自分に忠誠を誓うエステルに対して、信頼できる主人だと示す意味もある。

ルシルは下着をつけおわった。そして、白いブラウスを羽織る。

「下着だけのはずですよ」

「いいでしょ、このぐらい」

ルシルがムッとした表情で言う。

まあ、かえってエロいといえばエロい。ブラウスの下はショーツとブラだけだ。濡れた身体を拭けていないせいで、ブラウスは透けているし、きれいな脚がブラウスの下から顔をのぞかせていて、誘惑するようにすら見える。

勝てば、あのルシルの身体を好き放題できる。

レオンは魔剣を構え、ルシルも魔剣を拾い上げた。

そして、二人はまっすぐに向き合った。

今、この瞬間、二人は対等な魔剣士であり、平民と公爵令嬢でもある。

だが――この勝負が終わったとき、ルシルは泣きながらレオンに許しを乞い、妊娠を恐れる性奴隷になっているはずだ。

レオンはそう確信していた。そして、エステルもおそらく同じだろう。

こうして絶対調教のスキルを持つ魔剣士と、風紀委員の公爵令嬢の決闘が始まった。

女性らしい内装の室内で、レオンとルシルは対峙する。

ルシルはよほど魔剣士としての腕に自信があるらしい。

剣を構える姿はなかなか様になっていて、不敵な笑みを浮かべる。もっともシャワーを浴びた直後だからびしょ濡れで、下着にシャツ一枚という格好なわけだけれど。

(学園序列7位か……)

期待の新入生エステルは学園序列22位。ルシルは遥かにランクが上だ。

それでも、レオンは勝てると思っていた。

事前にルシルの固有スキルについては研究している。

「さあ、始めましょうか。あなたが惨めに負ける姿、楽しみね」

ルシルは挑むように言い、そしてほぼ同時にその魔剣が光り始める。

黄金色に輝くその魔剣は、バチバチと鋭い音を立てている。

そのままルシルはレオンに斬りかかってきた。

レオンは魔剣でルシルの剣を受け止める。

だが――。強い衝撃とともにレオンの魔剣の刀身が嫌なミシリとした音を立てる。

くすっとルシルが笑う。

「私の〈雷光閃剣(らいこうせんけん)〉を受け止めるなんて、なかなかやるじゃない。褒めてあげるわ」

「偉そうにしていられるのも今のうちですよ」

「あなたこそ、余裕ぶった態度はできなくなるはずよ。その魔剣じゃ、二度目は耐えられない」

そのとおり。ルシルはいかにも女性らしい雰囲気の美少女だが、〈雷光閃剣〉はかなりの威力を持つパワータイプのスキルだ。

七大貴族・グロスター公爵の財力に物を言わせて買った、驚くほど耐久力のある魔剣。そこに名門の血筋で、抜群の才能を与えられたルシルが、莫大な魔力を通す。

そうして、ルシルのスキルは発動する。魔剣自体が雷のような覇気をまとい、敵の魔剣を打ち砕く威力を放つのだ。

一撃目は耐えられた。だが、二撃目は持ちこたえられない。

魔剣が破壊されれば、当然、レオンの負けだ。

ふたたびルシルはレオンに対し、力任せの斬撃を放つ。

レオンは——それを正面から迎えた。

魔剣と魔剣が交差し、激しい火花が散る。

レオンの魔剣は……破壊されなかった。

「へえ……」

ルシルが不機嫌そうにつぶやく。

レオンは全魔力を魔剣に集中させて、耐え凌いだ。

以前のレオンだったら、できない芸当だった。レオンの生まれつきの魔力は乏しいもので、魔法の才能はないからだ。

けれど、今はメイドのリンカ、そして公爵の娘エステルを性奴隷にしたことで、レオンの魔力は強化されている。

リンカも魔法の才能は乏しくないが、加えて、天才美少女と名高いエステルの魔力を借りることができているのは大きい。

ルシルは剣を引いた。

勝利を確信していたのに、という不満げな顔だ。

「次で決めるわ。さすがにあなたの魔剣も限界でしょう？」

「そうですね」

「あなたが剣技に長けているのは知っているわ。ちゃんと調べたもの。でも……魔剣そのものがなくなったら、何もできないものね！」

ルシルはもう一度、こちらに踏み込んでくる。

そう。ルシルはスキルで勝てると確信している。たとえ剣技で多少レオンに劣ったとしても、問題ない、と。

その油断がレオンにとって幸いした。

レオンはぱっと身をかわす。そして、剣を軽く振るった。

「えっ……」

次の瞬間、ルシルのブラウスは破れ……ルシルは下着のみの姿になっていた。レオンはルシルの魔剣を避け、そして自分の剣で正確にルシルの衣服を破いたのだ。

「な、なんで……!?」

「これが剣技のスキルの差ですよ。ルシル先輩。次は裸ですね」

「私の攻撃を簡単に避けて……服だけ正確に狙ったの!?」

「それができるのが、俺の剣技です。俺は天才ではないですが、ルシル先輩が思っているよりも強い魔剣士なんですよ」

魔剣士は魔法と剣、両方の力を兼ね備えて、初めてその力を発揮できる。

にもかかわらず、剣技をおろそかにする人間は多い。

ルシルは序列第7位だけあって、他の生徒よりは剣技もマシだ。だが、所詮、マシというにすぎない。

「最初の二撃で先輩の剣技はすべて見切りました」

「デタラメ言わないで！　そ、そんなことできるはずが……」

「俺はできるんです。もう一度試してみますか？」

ルシルは唇を噛み、そして、俺にふたたび攻撃を繰り出す。

結果は同じだった。魔剣が破壊されないためには、攻撃を避けてしまえばいい。

レオンはルシルの剣を難なくかわすと、今度は魔剣の切っ先で、ルシルのブラのホックを断ち切った。

「あっ……」

ルシルが短い悲鳴を上げ、その純白のブラが床に落ち——そして、その大きな胸が露わになった。

ルシルの両胸の、魅惑的な桜色の突起がふたたびレオンの目にさらされる。

ルシルは慌てた様子で、左手で胸を隠した。

さすがに床に落ちたブラを拾うような愚かな真似はしなかったが、いずれにせよ、胸を隠したまま戦うことはできない。

「し、下着はつけていいって言っていたのに……！」

ルシルは涙目になりながら抗議する。

レオンは肩をすくめた。

「あくまで戦う前にブラとショーツをつける時間をあげただけですよ。戦っている最中に衣服を奪ってはダメなんてルールはありません。そうですね、次は下も脱がせましょうか」

「ひ、卑怯者……！」

「どうしますか？　胸を手で隠したままでは戦えませんから、負けを認めますか？」

「そうしたら、あなたに……れ、レイプされちゃうじゃない！」

「人聞きの悪いことを言わないでください。合意での決闘の結果ですよ」

自分でも詭弁だとは思うのだが、ルシルを煽るにはちょうどいい。

ルシルは下着で胸を隠すためにレオンとの決闘の条件を飲んだ。それなのに、今やレオンの手でブラは奪われてしまっている。

彼女に残ったのは、「負けたら何でも好き放題される」という事実だけだ。

ルシルは完全に冷静さを失っていて、「ううっ」とつぶやくと胸を隠す左手を外し、剣を構えた。

トップレスの美少女が、顔を真っ赤にしながら、レオンに斬りかかる。その拍子に豊かな胸がぶるんと揺れ、乳首もレオンを誘うように強調される。

だが、その剣には明らかにさっきまでの勢いはない。

レオンはまったく苦労せずにルシルの剣を避ける。

そのまま、レオンの剣が次にルシルのショーツを捉え、その右端の部分を切り裂く。

ショーツもぱさりと床に落ち、ルシルの秘所を守るものは何もなくなった。

「えっ？　きゃあああああっ」

全裸のルシルは悲鳴を上げて、手で秘所を隠した。

少しずつじわじわと追い詰め、心を折る。

レオンはルシルについて、そう決めていた。ルシルは絶対調教スキルで性奴隷にするが、その前にどちらが強いか、徹底的にわからせておく必要がある。

スキルなしでも従順な奴隷にしてしまうのが理想だ。

相手は、大事な妹のルナを傷つけようとしたのだから、遠慮はいらない。

ルシルは絶望の表情を浮かべ、それでもなお、レオンに剣を振るおうとした。

けれど――。

「あっ、いやああああっ」

次の瞬間には、ルシルが甘く甲高い声で拒絶の言葉を口にしていた。

レオンがルシルの背後に回り、その柔らかい胸を、両手で鷲掴みにしていたからだ。

ルシルの胸は、レオンの両手に収まらないほど大きい。ルナやリンカはもちろん、スタイル抜群のエステルと比べてもかなりのサイズだ。

さすが三年生の先輩女子だけある。もっとも男性経験はないようだけれど。

前回遭遇したとき、自分で処女だと言っていた。

ルシルの胸を触るのは二度目だ。あのときは事故がきっかけだったし、ルシルを脅すだけのつもりだった。

だが、今回は違う。立場をわからせるために、わざと胸を揉みしだいているし、最終的にはルシルを性奴隷にする――つまり、犯してしまうつもりだった。

そのためには言葉でも攻めておく必要がある。ちなみに、レオンは自分の魔剣はすでに鞘に収めている。

「先輩っていやらしい身体をしていますよね。風紀委員なんて名乗っていますけど、先輩の方が風紀を乱しているんじゃないですか？」

レオンは胸を揉みながら、からかうように言う。本来なら、こういうことを口にするのはあまり柄ではないのだけれど。

エステルに軽蔑されないかなと思って彼女をちらりと見ると、その心配はまったくなさそうだった。エステルは、ただ、レオンに性的に弄ばれているルシルを、羨ましそうに、真っ赤な顔で発情して見つめていたからだ。

ルシルはレオンを振り払おうとじたばたと暴れるが、レオンは力尽くで押さえ込む。

「き、気持ち悪いことを言わないで！　私はそんなハレンチな女じゃない――きゃっ」

「そういうわりには身体は正直ですけれど」

レオンの右手はルシルの秘所を愛撫していた。その秘所は濡れているし、左手で乳首に触れるとビンビンに立っている。

意外と被虐嗜好なのだろうか。

レオンがルシルの乳首を指先でつまむと、ルシルが「あっー！」と嬌声を上げ、小刻みに身体を震わせる。

「や、やめなさい！　あなたが触っていいものじゃない！　きゃっ」

「負けた先輩がそんなこと言える立場だとでも？」

「ま、まだ決闘は続いているわ」

「もう実質的に負けていると思いますけど……」

レオンは指摘する。裸に剥かれ、背後から胸と秘所を触られ、どうやってもルシルに挽回の目はない。

(ルシル先輩の最後の希望をなくしてしまおう)

レオンはそう考えて、ルシルの手に握られた魔剣を叩き落とした。剣を持ったままのルシルを弄ぶと、ルシル自身が怪我をしかねないということもある。

ルシルはとっさに拾おうとするが、レオンに身体を拘束されているから、身動きできない。

かえって胸がこすれて、「あうっ」と悲鳴を上げることになる。

レオンは床に落ちた剣を脚で蹴り、剣は部屋の隅へとすべった。ルシルの魔剣から、もう雷光の輝きは失われている。

「剣……！　わ、私の剣！」

うわごとのようにルシルがつぶやき、半狂乱のようにその美しい髪を振り乱す。

レオンはそのルシルの唇を、自分の唇で強引に封じた。

「んんっー！」

くぐもったあえぎ声をルシルが上げる。

ルシルは抵抗しようとしたようだったが、強引に舌をねじこむと脱力したように大人しくなった。

美少女風紀委員の唇と舌は、甘い果実のように魅惑的だった。

本来なら、相手にできない高嶺の花をレオンは蹂躙している。

エルミジット公爵令嬢エステル、ランカスター公爵令嬢ルナ、そしてグロスター公爵令嬢ルシル。

短期間に、七大貴族娘三人を手籠めにしたことになる。

それはきっと後々、面倒事を引き起こす。

けれど、今はそんな心配より――ルシルを最後まで自分のものにしてしまおう。

それがレオンの目的に資するからだし、そしてレオン自身の本能がそれを求めている。

レオンは力任せに裸のルシルを押し倒す。豪華な天蓋付きベッドの上だ。

「きゃっ」

唇を解放されたルシルは、黒い瞳から涙をこぼしていた。一糸まとわぬ姿を横たえ、レオンにさらしている。

「ひ、ひどい……ファーストキスだったのに！」

「負けたら何をされてもいい、という約束ですよ」

「私はまだ負けていない！」

「負けを認めないなら、俺はルシル先輩にもっとひどいことをしないといけません。俺の大事なルナを傷つけた先輩に、容赦をするつもりはありませんから」

決闘が続いているのだとすれば、レオンは魔剣でルシルを傷つけることも許される。

それがわかったのか、ルシルはひっと恐怖に顔をひきつらせた。

「さあ、どうしますか？　強情を張って暴力の限りを尽くされるか、負けを認めて俺の性奴隷になるか。言っておきますが、俺は本気ですよ」

レオンはルシルに選択を迫った。

「そんなの選べるわけない！」

ルシルは裸のまま、いやいやというように首を振った。ベッドの上のルシルは、濡れた髪が豊かな胸に張り付き、薄汚れ、淫靡な印象だった。

真面目な風紀委員の面影も、清楚な公爵令嬢の雰囲気も失われている。ただ、男を——レオンを楽しませるために生贄に供された、一人の惨めな少女がそこにはいた。

頬に平手打ちでもすれば、ルシルは負けを認めるだろうか。

もっとも、できれば暴力は振るいたくない。エステルが見ているということもある。

レオンは少し考え、このまま強姦してしまえばいいか、と思った。

もともと当初の計画ではそのつもりだった。

決闘という条件を持ち出したのは、甘かったかもしれない。

ルシルが負けを認めないなら、いずれにせよ、強引に処女を奪って性奴隷にするしか選択肢はないのだ。

レオンは左手でルシルを押さえたまま、右手でベルトを外し、ズボンと下着を脱いだ。

ルシルがレオンの下半身を見て、「ひっ」と悲鳴を上げる。

「お、大きい……」

「これが今からルシル先輩の中に入るんですよ？」

「む、無理……！　絶対無理だから……！　あっ」

レオンのものが、ルシルの膣口にこすりつけられる。

ルシルの純潔はもはや風前の灯火だった。

「ま、待って！　お願い……ひうっ」

レオンの固くなったものが動き、ルシルの秘所と密着してくちゅくちゅと淫らな音を立てる。

(あと少しでこの先輩の処女を奪って……性奴隷にするのか)

レオンは緊張と興奮で、頭に血が上るのを感じた。

油断せず、早く決着をつけないとまずいかもしれない。

ところが、ルシルが思いがけないことを言い出した。

「ま、負けでいいから！　私が負けたから……許してください！」

「つまり、俺に犯されて性奴隷になるってことですか？」

「性奴隷になるから……処女だけは奪わないで。初めては好きな人と……したいの」

ルナを拉致しておきながら、勝手なことを言うものだと思う。

けれど、ルシルの目に涙が浮かんでいるのを見て、レオンの心に迷いが生じた。

レオンはもともと、そこまで鬼畜な性格でもないし、絶対調教スキルを嫌っていたぐらいだった。

女性にひどいことをしたくない、という思いもある。本質的にはレオンは常識人なのだ。

そこにルシルがたたみかけるように言う。

「絶対調教のスキルは別の方法でも発動できるんでしょう？　たとえば、そ、その……私があなたのお○んちんを舐めて、せ、精液を飲めば……それでいいんでしょ？」

「そのとおりですが、なんでそのことを知っているんです？」

「リンカから聞いたわ」

リンカは、グロスター公爵家の元メイドで、今は住み込みでレオンの「性奴隷」をしている。

表向き、彼女はレオンに従順なフリをしていたけれど、実はルシルと連絡を取り合っていたらしい。

レオンもリンカとガイルとの連絡を警戒してはいたけれど、ルシルと密かにやり取りしていたのには気づけなかった。

(帰ったら、お仕置きが必要だな……)

主人のスキルの内容を漏らすなんて、メイドとして許されることではない。リンカには、今の主人が俺だと徹底的にわからせないといけない。

温情でガイルの子を宿したまま、学院にも通えるようにしているのだけれど、待遇も見直す必要があるだろうか。

たとえば堕胎させて、レオンの子供を孕ませ監禁しておけば、反抗する気も起きなくなるだろうけれど。

そこまでする勇気はレオンにはなかった。

いずれにせよ、ルシルがあっさり情報源を白状したせいで、リンカは危機にさらされることになった。少しはかばおうと思わなかったのだろうか。

この風紀委員はつくづく節操のない人だな、と感じる。

ルシルは起き上がり、ベッドで四つん這いになる。そして、大きな胸を揺らしながら、こちらへと這ってきた。

そして、ルシルは媚びるようにレオンを見上げ、そのままレオンのペニスに舌を近づける。

(まあ、この方法で性奴隷にしてもいいか……)

ルシルが抵抗しそうだから、レオンは強引に犯す方法を選んだのだが、自分から奉仕するというのなら、レイプはしないでもいいかもしれない。

だが、その考えが甘かったことを、レオンは次の瞬間に思い知らされた。

突然、ルシルの右手が光り輝いたのだ。その手には魔剣が握られていた。

最初に風呂場で襲ったときと同じで、何らかの魔術で、離れた場所の魔剣を手元に引き寄せたらしい。

(しまった……！)

レオンはとっさに対応しようとするが、丸腰のか弱い少女相手ということで、魔剣は鞘に収めている。

そうでないと犯すこともできなかったからだ。

「残念ね……このレイプ魔！　死んでしまいなさい！」

ルシルは勝ち誇った表情で、レオンに剣を繰り出す。

このままだとレオンは斬られ、死ぬ。

そう思ったとき、ルシルの手から魔剣が落ちた。

「え……？」

ルシルは呆然とした表情で、自分の右手を見る。その手からは、魔剣はすでに失われていた。

「残念ね、ルシル先輩」

エステルが落ち着いた声で言う。

どうやら、エステルの魔剣が、ルシルの魔剣を叩き落としたらしい。

「助かったよ、エステルさん」

レオンはほっとする。エステルは顔を赤くして、「どういたしまして」とつぶやいた。

もし一人だったら、レオンは死んでいたかもしれない。

エステルがいて良かったと思う。そして、エステルは自らの意志でレオンを助けてくれた。

さて、問題は目の前のルシルだ。

(この女は……!)

さすがに許すわけにはいかない。

レオンたちの行為を不問にする約束を破り、ルナをさらった。その上、今も負けたふりをして、レオンを殺そうとした。

もう何も遠慮する必要はない。

よほどレオンが怖い顔をしていたのだろう。ルシルは怯え、あとずさりする。

「ね、ねえ。そんな顔しないでよ。さっきのは、ほ、ほんの冗談で……あっ」

レオンはルシルに、問答無用で襲いかかる。ベッドの上に組み伏せ、のしかかった。

女性的な裸体が、レオンに支配される形になる。ルシルは蛙のような惨めな格好で、全力で暴れ始めた。

「い、いやっ。私はグロスター公爵家の娘なのよ！　平民の男に貞操を汚されるなど――あっ」

ぱんっ、と乾いた音がする。レオンがルシルの頬を平手で張ったのだ。

赤くなった頬を、ルシルが「信じられない」という表情でさする。なるべく暴力は振るいたくなかったが、もうそんなことは言っていられない。

約束違反で殺されかけたのだから、ルシルの心を折るあらゆる手段を使っていいだろう。

そのまま、レオンは力任せにルシルの胸を鷲掴みにする。

「あっ、痛いっ……」

「ルシル先輩は本当に何もわかっていませんね。ルシル先輩は決闘のルールを破り、敗北を認めた。それなのに、条件を破り、俺を殺そうとした。もう何をされてもおかしくないんです。たとえば——この場で俺は先輩を殺すこともできる」

「ひっ……そ、そんな！　嘘でしょ⁉」

「冗談ではありませんよ。あるいは、先輩を大勢の男に輪姦させることだってできます」

「そんなの許されるわけない！」

「先輩の弟のガイルがやっていることですよ」

「ガイルはそんなことしていないもの！」

ルシルがまるで幼児のような口調で否定する。

実際には、レオンとしてはルシルを殺したり、他の男のものにしたりするつもりはない。ルシルは対ガイル戦での重要なコマだ。

ただ、脅しとしては効果的だった。

ルシルはもう暴れる気力もなく、ただ、怯えきった表情でレオンを見上げていた。

胸をまさぐられても、尻を撫でられても抵抗する気配がない。

レオンはちらりとエステルを見る。レオンがルシルに暴力を振るったことを、エステルがどう思っているか気になったからだ。

エステルは何も言わず、ベッドの背後に回ると、仰向けのルシルの腕を両手で押さえた。

「な、なにするの……？」

「ご主人さまがルシル先輩を性奴隷にするのに、協力してるの。さっきみたいに魔剣を取り戻されても困るし」

「あ、あなただって、こいつに無理やり性奴隷にさせられたんでしょ！　なのに、なんで……？」

「ルシル先輩には、暴力を振るわれましたから、仕返しです」

そういえば、最初に遭遇したとき、ルシルはエステルの腹部を蹴り上げていた。平手打ちどころではない。

しかも、ガイルの懲罰は、エステルが誘惑したせいだといいがかりをつけたのもルシルだ。

エステルからしてみれば、許せないのだろう。

そのエステルは金色の髪を手で払い、そして、微笑む。

「それに、今のわたしはレオンの性奴隷ですが、心は奴隷ではありません。無理やり従っているんじゃなくて、協力するって約束しましたから」

ルナを、そしてアリアを取り戻す。そのレオンの目的に協力してくれると、エステルは約束した。

絶対調教スキルに屈しないとも宣言し、そして自分だけをレオンの性奴隷にしてほしいとも懇願していた。

エステルはたしかにただのレオンの性奴隷ではない。もしかすると――。

「エステルさんって――」

「わ、わたしはあなたのことなんて全然好きじゃないんだからね！　勘違いしないで」

エステルは顔を真っ赤にしてそう言う。

そして、エステルは震えるルシルを見下ろした。

「わたしも……最初はこの人みたいに怯えていた。でも、今は違う。ねえ、レオン。あなたが必要だと思うことをして。〈絶対調教〉をあなたの目的のために使うの」

そう。

エステルの言うとおり、レオンはこの先も進まないといけない。「絶対調教が嫌い」だなんて甘いことを言っている場合ではないし、敵には容赦する必要はない。

ルナを、アリアを、寮長を、そしてエステルを守るために。

レオンは自分のものを、ルシルの秘所に近づけた。

これは道義に反することなのかもしれない。それでも――レオンには他に選択肢がなかった。

「あっ、いやああっ。やだやだやだっ……！　こんなのが初めてなんて……こんな男が初めてなんて、絶対に嫌っ！」

どこにそんな力が残っていたのかわからないほど、ルシルの暴れ方は激しかった。

けれど、レオンも容赦しない。

ルシルの右頬をパンと叩き、それから左頬をパンともう一度叩く。

それでルシルは完全に怯えきってしまった。二度目の暴力はだいぶこたえたらしい。

もう一歩、ダメ押しをしておこうと、レオンは考える。

ルシルの細い首筋に、レオンは両手を巻き付けた。

「い、いやっ！　何するの……？」

「殺してもいいと言ったはずですよ」

「そ、そんな……！　わ、私、まだ死にたくない！」

「なら娼館に売り払うので、一生、男たちの慰み者として過ごしますか？　先輩ほど美人なら、大人気の娼婦になるでしょうし、誰の種かわからない子を10年も20年も孕み続けることになるでしょうね？」

ルシルが小さく悲鳴を上げる。公爵令嬢の自分が、男たちの性の道具となり下がるところが想像できてしまったのだろう。

脅しとしては有効な手段だが、もちろん、レオンは最初からそんなことをするつもりはない。

ルシルはレオンの性奴隷になるのだから。

「さて、どうしますか、ルシル先輩――いや、ルシル」

「あ、あなたの性奴隷になります！　だ、だから許して！」

「誠意が足りないな。俺たちをさんざん裏切っておいて、謝罪一つもないの？」

「申し訳ありませんでした……！　わ、わたしはレオン様の忠実な性奴隷になりますから……」

「つまり、俺に犯されて、中出しされて、妊娠してもいいってことだよね？」

「そ、それは……」

ルシルが言いよどむ。レオンはすかさず、ルシルの首筋に手で力を加える。

すぐにルシルが真っ青になる。

「そ、それでいいです！　わ、私の……お、お○んこに、レオン様の熱くて硬いものをつっこんでください！　レオン様の赤ちゃんを産みますから……あっ、嘘っ、や、やっぱりダメっ」

レオンのものがルシルの秘所の入り口に当てられる。ルシルはレオン、そしてエステルにがっちりと拘束され、逃げ出すことはできない。

そのまま、レオンのものが一気にルシルの処女膜を貫いた。

「いやっ、痛あああああああいっ！」

ルシルが甲高い悲鳴を上げる。

だが、思ったよりすんなりと入った。

さんざん弄ばれて、ルシルの秘所は十分に濡れていたからだ。

レオンが奥を突くと、ルシルは「あっ、ああっ」と甲高い淫らなあえぎ声を上げる。

「嘘っ！　嘘よ……私の初めて、こんな下賤で卑劣な男に奪われるなんて……あっ、んんっ、ちゅぷっ」

レオンは強引にルシルの唇にキスをして、その言葉の続きを封じた。

自分のやったことを棚に上げて、よくそんなことを言えたものだとレオンは思う。

エステルも同感だったらしい。

「卑劣なのはどっちよ……それに、わたしもまだレオンに初めてをあげれていないのに、ずるい」

ルシルの腕を押えるエステルの声が頭上から聞こえる。

レオンには聞こえていない、とエステルは思っているのかもしれない。

が、ばっちり聞こえている。

レオンはちょっと気恥ずかしくなった。かたや性奴隷になることを拒絶する美少女がいて、かたや自ら性奴隷になりたいと懇願する少女がいる。

ともかく、今は片方の少女・ルシルを貪ることに集中しよう。

その唇を、舌を、胸を、秘所を、レオンは欲望のままに蹂躙する。

これから、この女はレオンの性奴隷になるのだ。

ルシルはさんざん舌を絡められ、弄ばれた後、キスから解放されると、顔を真っ赤にしていた。

レオンはにやりと笑う。

「口では嫌だと言いながらも、感じているじゃないか」

「違うっ！　そんなことないっ……！　あっ、ああああああっ、だ、ダメっ、乳首いじめないでっ」

びんびんに立った乳首をレオンに指先でつままれ、ルシルは身体をびくんと跳ねさせる。

同時にレオンはガンガンとルシルの秘所の奥も突く。

「もう許してっ……！」

「そんなこと言える立場じゃないの、わかっているよね？」

レオンの言葉に、ルシルはひっと息を漏らす。そして、目に涙を浮かべこくこくとうなずいた。

ルシルからしてみれば、命の危険があるわけで、レオンに絶対服従しなければならない。

「さて、ルナはどこにいる？」

「く、黒鷺寮の地下にいるわ。ガイルが身柄を拘束しているはず……あっ、ああああああああっ」

「じゃあ、そこまで手引きしてもらおうか」

「わ、わかりました！　だ、だから、もうちょっと優しく……あっ、そんなっ、深すぎっ……！」

「それと、さっきこの部屋から出てきた女、名前は？」

「く、クロエよ。この寮の生徒で……ひうっ」

レオンはルシルの両胸を力任せに揉みしだく。まるでただの玩具を扱うかのように。

「嘘だな。それだけじゃないはずだ」

「そ、それは……」

「正直に答えないと……」

「わ、わかりました！　クロエは正体を隠しているけど、本当はうちの家に仕える暗殺者で……反帝政派の幹部なんです！」

エステルが「えっ」と驚きの声を上げる。

だが、「やっぱり」とレオンは思っていた。あの女が、レオンに最愛の姉アリアを犯させた張本人だ。

名前まで掴めたし、あとはグロスター公爵家とのつながりを探れば、見つけ出すのは難しくないだろう。

だが、今は……そろそろ、レオンが限界に近づいてきた。

「ちゃんと答えられたから、殺さないでおいてあげるよ」

「あっ、んんっ、ありがとうございます……ああああああっ」

あえぎながら、ルシルはほっとした表情を浮かべる。そして、媚びるようにレオンを見上げた。

そろそろクライマックスだ。

「だから、ご褒美に……」

レオンが最後まで言う前に、ルシルはわかってしまったようだった。

レオンのものが、ルシルのなかで大きく、固くなっていることを。

「だ、ダメっ！　な、なかだけは許してっ！」

「こうしないと絶対調教スキルは発動しないって、わかっているよね？」

「や、やだっ！　私、性奴隷になんて、なりたくない！　そ、それに……あっ、あああああっ」

レオンに奥を突かれるたびに、ルシルの声には甘いものが混じってきていた。腰だって無意識に自分から動かしている。少女の子宮は、レオンに支配されることを待ち望んでいるのだ。

「ダメダメっ！　あ、赤ちゃんできちゃう！　私、公爵の娘なのに、無理やり犯されて、妊娠するなんてダメっ！」

「ルシルはもう『公爵の娘』じゃない。俺の性奴隷なんだよ」

「そ、そんな……！　あっあああああああああっ、いやあああああああっ！　私の子宮に熱いの注がないでえええええっ！」

ルシルは絶望の悲鳴と嬌声を上げる。

だが、無力なルシルはそのまま押さえつけられ、レオンにたっぷりと子種を注がれ続けた。

「あっ、ああ……」

レオンがルシルの中から引き抜くと、ルシルは糸の切れた人形のようにぐったりとしていた。

一糸まとわぬその身体は、秘所を白濁液で汚し、白い肌は紅潮していて、扇情的だった。

下腹部には赤い淫紋が刻まれている。絶対調教スキルが発動したのだ。

そのまま、ルシルは気を失ってしまったようだった。

ふたたび、その身体をレオンは弄びたくなってくる。絶対調教スキルのせいか、レオン自身の性欲も強化されていて、一回犯したぐらいでは物足りない。

だが、今はそれどころではない。ルシルを利用してルナを救出に行かなければ。

それに、目の前にはエステルがいる。

エステルは寂しそうに微笑んだ。

「覚悟はできた？」

「ああ」

レオンはうなずいた。

エステル、寮長やルナ、それに敵側のガイル、リンカ、ルシル、そしてクロエ。

彼ら彼女らの影響で、ようやくレオンは決心ができた。

レオンの目的はアリアを救うこと。そして、レオンは魔剣士だ。だから、魔剣士のスキル――絶対調教スキルを使って、その目的を達成する。

それは茨の道かもしれない。今回のルシルのように自業自得なケースはまだしも、目的のためには今後は何の罪もない少女を陥れ、絶対調教スキルを使って性奴隷にしないといけないかもしれない。

それでもレオンは進むと決めた。

エステルはルシルから離れ、そっとベッドの上に座ると、レオンを上目遣いに、可愛らしく見上げた。

「ねえ、レオン。あなたがその力に飲まれそうになったら、思い出して。あなたの二番目の性奴隷はエステル・エルミジットで、その子はレオンの性奴隷を自分一人だけにしてみせるって、言っていたことを」

エステルがそっとレオンの胸を撫でる。そして、期待するように、顔を赤くした。

その期待に応え、レオンはエステルの豊かな胸を服の上からそっとさする。

「ちょ、ちょっと……レオンっ。あっ……」

「こういうこと、してほしかったんじゃないの？」

「ち、違う。わたしは……そんなにはしたなくなんか……やっ」

「なら――」

レオンはそのままエステルにキスをした。

それは甘く優しい感触がして、エステルも今度は抵抗せずに受け入れた。

問題は山積みだ。ともかくガイルを叩き潰さないといけない。

そして、ルナを助けて、今度こそアリアを救うのだ。

キスを終えると、恥ずかしそうにエステルは微笑んだ。

「やっぱり、わたしははしたないのかも」

「え？」

「さっきのご主人さまのキス、気持ちよかったから」

エステルは小声で、そんなことを嬉しそうにささやいた。

†

帝国、公爵領主都・グロスターにて。

帝国本土中部にあるこの街は、港町として栄え、七大貴族の一つ・グロスター公爵が治めている。

その公爵本邸は、２００年もの歴史を誇る大豪邸だ。外壁をめぐらし、要塞とも呼べる規模を誇る。

その中の一室に、彼女は――アリア・ランカスターは監禁されていた。

抵抗できないように魔剣は取り上げられているし、鉄の足枷をはめられている。

とはいえ、暮らしぶり自体は悪くない。殺風景な部屋だが、貴族の令嬢と変わらない待遇を与えられている。

(私も……慣れてしまったのね)

アリアはベッドに座り、自嘲する。

三年前、アリアは無様に反帝政派に敗北し、弟のレオンを守れなかった。

強制されたレオンは、アリアを散々レイプした。アリアも処女を失い傷ついたが、何よりレオンのことが心配だった。

レオンはアリアに懐いてくれていたし、アリアもそんなレオンを溺愛していた。自分で言うのも変だが、理想的な姉弟だと思っていたのだ。

それなのに、レオンはその姉を犯すことになった。血はつながっていないとはいえ、どれほどレオンは傷ついただろう。

そして、アリアは……望まぬ子を孕んだ。

幼く愛らしい黒髪黒目の少女が、ベッドの上のアリアに抱きつき、上目遣いに見つめる。

「お母さん？　大丈夫？」

「ええ」

アリアは自分の娘に微笑んでみせた。

この可愛らしい女の子は、アリアとレオンの娘だ。レオンのスキルで性奴隷にさせられて、毎日のように犯されて、アリアは妊娠した。

そして、生まれたのが、この娘クレアだった。

そっとクレアの髪を撫でると、クレアはえへへと嬉しそうに笑う。女の子だけど、可愛かった少年のレオンの面影もあって、本当に愛おしい。

この娘の笑顔を守るためなら、アリアはどんな悪事にでも手を染めるだろう。

部屋の扉が開け放たれる。そこには、銀髪の女性クロエがいた。アリアを敗北させ、辱め、監禁した女だ。

しかし——。クロエの服装は、いつもの純白のドレスではない。

青と白を基調としたブレザーだ。

「なんで、私の母校の制服姿なわけ？」

「あら、いいじゃない。可愛くて」

クロエはくすくすと笑う。

アリアは呆れた。

「あなたって、私より年上でしょう？」

「見た目は10代だもの。いいでしょう？　今のところバレていないし」

つまり、クロエは帝国防衛学院に潜入しているということだ。

クロエは微笑む。

「それに、あなたもこの制服を着ることになるの。さあ、また仕事よ。アリア」

「今度は何をさせるわけ？」

「帝国防衛学院の襲撃。あなたの母校に凱旋ってわけね。敵として」

アリアはうなずいた。

もはやアリアはクロエの配下であり、反帝政派の一員だ。アリアはクロエに逆らえない。

娘を人質に取られているし、もし反抗すれば、クロエは男たちにアリアを輪姦させるだろう。

クロエに従順に仕えたおかげで、今のところ、アリアが受け入れた男は、レオンだけだ。

そのために、アリアは多くの女性魔剣士と戦い、彼女たちを反帝政派の手に引き渡した。彼女たちが目の前で凌辱されたこともあった。

クロエが耳元でささやく。

「あなたのせいで、制服姿の可愛い少女たちが、大勢ひどい目に遭うと思うと、楽しみね？」

アリアは裏切り者だ。自分が助かるために、多くの仲間たちを反帝政派の性奴隷としてしまった。

帝国防衛学院襲撃でも、アリアは同じことを行うだろう。

それでも――。

（レオン、こんな私を許してくれる？）

アリアは強く願う。

もう一度だけでもいい。最愛の弟――レオンに会いたい。

できることなら、レオンと娘のクレアと、幸せな生活を送りたい。

だって、アリアは――レオンのことが大好きなのだから。

アリアはクレアの髪をそっと撫でた。そして、立ち上がる。

アレスフォード帝国防衛学院へと向かうために。

《了》

IFストーリー　もしレオンが風呂場でもっと鬼畜だったら

学生寮の大浴場。

シャワーを浴びていた金髪碧眼の美少女を、レオンは背後から抱きすくめていた。しかも胸を鷲掴みにしている。

相手の同意があってのことではない。

クラスの完璧美少女、公爵令嬢エステル・エルミジットとばったり出くわしてしまったのだ。

今は男子の使用時間のはずなのに、エステルがシャワーを浴びていた。

それで全裸のレオンと鉢合わせしたわけで。

「いやっ、放してよ！」

一糸まとわぬ彼女は、レオンの手を逃れようと暴れる。だが、レオンは彼女を放すわけにはいかない。

このままだとレオンは犯罪者扱いだ。

レオンの固いものが尻に当たり、エステルがひっと悲鳴を上げる。

レオンは暴れるエステルの胸を押さえるのに必死だった。

「わ、わたし初めてなのに、レイプされるなんて嫌！」

「そんなつもりなくて……」

「なかったとしても、裸を見て胸を触るなんて許さないんだからっ！　あっ、ひゃうっ」

肌を朱色に染めたエステルの身体とレオンの身体がこすれ、彼女は悲鳴を上げる。

相手は七大貴族の公爵家出身の完璧美少女。自分は平凡な平民の生徒。

(どうしたものかな……)

このままだとレオンは身の破滅だ。行方不明の姉・アリアを探すためにも、退学なんてなるわけにもいかない。

どのみち、このままエステルを解放するわけにはいかない。

レオンがエステルの胸をつかむ手に力をこめる。彼女は「ひんっ」とあえいだ。

「口封じのために、ひどいことをする気でしょ!?　あんっ」

そう。口封じをするべきだ。そして、レオンには絶対調教スキルがある。

このスキルを使わなければ、レオンの能力の限界は見えている。姉を探すという目的のためにも、いい機会だ。

ちょうどその場に制服姿の少女が現れた。先輩の女子、この寮の寮長だ。彼女は目を丸くしている。

「何をしているの？」

エステルがほっとした様子で「寮長、助けてください！」と訴える。

ちょうどいい、とレオンは考える。

「寮長、立会人をしてください」

「へ？」

絶対調教スキルの発動条件は、第三者の立会人のもとで対象の女性に体液を注ぐこと。

つまり、条件は揃ったわけだ。

助かった……と安堵の表情を浮かべていたエステルを、レオンは突き飛ばす。

「きゃああっ」

エステルは床に倒れ、四つん這いになる。白く大きな胸が揺れ、彼女の背後からレオンはふたたびその胸を揉みしだく。

今度は確信犯だ。

「やめなさいっ、寮長もいるのよ!?　あっ、やめっ……」

「エルミジットさん、いやエステルの言うとおりにしようかと思ってね」

「えっ!?」

「俺の性奴隷になれってことだよ」

「いや、ダメッ……誰か助けてっ」

だが、寮長は動かず、顔を赤くして二人を見ているだけだった。

レオンがエステルの桜色の乳首をつまむと、ひんっとエステルは震える。

「あっ、ああああっ」

「そろそろ……」

「えっ、ダメっ、それはダメぇぇぇえっ！　わたし、初めてで……あっ」

レオンのものがあっさりとエステルに背後から挿入される。エステルは動物のように乱暴に犯され、「あっ、いやあああああっ」と甘い悲鳴を上げる。

「なんで、こんな……いや、いやあああっ。初めては好きな人と……ひんっ、あああんっ」

「もとはといえば、自業自得だよ」

「あああああっ、ダメ、なかはダメっ、やだああああっ」

レオンのものがエステルのなかへと精液を放ち、その子宮へも白濁を注ぐ。

やがてレオンのものが抜けて、エステルはぐったりとその場に倒れ込む。

「どうして……？」

エステルは、仰向けになり、涙を流していた。

その下腹部に赤い淫紋が刻まれる。

これで絶対調教のスキルは発動した。

エステルは公爵令嬢から性奴隷へと堕ち、純潔も失ったわけだ。

寮長が控えめにレオンに声をかける。

「レオンくん……さ、さすがに可哀想じゃないかなあ？」

「絶対調教スキルを使えって言っていたのは寮長じゃないですか」

「そうだけど……でも、これは問題というか、その……」

寮長が恥ずかしそうにもじもじとしている。

いつもは挑発的なことを言うくせに、寮長も処女なのだ。

レオンはその寮長の姿に……征服欲を感じた。レオンは寮長の胸をまさぐる。

「あっ……!?」

「エステルの胸よりは小さいですね」

「れ、レオンくん!? なにするの!?」

「あれだけ絶対調教スキルを使えってうるさかったんですから、寮長自身にも使ってしまおうと思いまして」

「えっ、待って! 心の準備が……あっ、いやあああっ」

レオンの手が寮長の制服をびりびりに破く。

「ダメっ、レオンくんっ……あっ」

寮長は魔剣士としては実力者だが、魔剣がなければただのか弱い少女にすぎない。

レオンは寮長に覆いかぶさった。制服の胸元からこぼれた白い胸を、レオンは揉みしだく。

「れ、レオンくん! お、落ち着いて……あたし、レオンくんとなら嫌じゃないけど……もっと雰囲気が……あっ、ああああああっ!?」

レオンは寮長のスカートの下からショーツを剥ぎ取ると、あっさりとその秘所に自分の肉棒を突っ込んだ。

処女を失った寮長は「ひどいっ……」と涙を流すが、レオンはそのまま寮長を襲い続け、やがて寮長は乳首をいじられて甘くあえぎ、自分から腰を振るようになった。

結局、寮長はレオンのものになり、白濁液まみれの身体に赤い淫紋を浮かべていた。

その後、エステルも寮長も妊娠し、5ヶ月が経った。エステルは妊娠のことが実家に知られ、学院を退学となった。

†

ただの雌として、今はレオンの部屋に監禁されている。

裸のエステルは首輪と鎖をつけられ、手足に鉄の枷をはめられ、ベッドの上に抵抗できない形で四つん這いになっている。

お腹の大きくなった彼女は涙を流しながら、レオンに懇願する。

「もう許して……あんっ。ダメ、お腹に赤ちゃんがいるのに……ひゃうっ。あっ、ああああああーっ」

レオンの肉棒をつっこまれ、エステルは甘いあえぎ声を上げた。

白い肌は赤く染まり、敏感に反応する。だが――。

「殺してやるっ！　絶対に……許さないんだからっ。あ、あんっ」

エステルの反抗心はいまだ折れていないようだった。

レオンは肩をすくめる。

「威勢がいいね。でも、寮長を見習ってもう少し従順になってほしいな」

制服姿の寮長が物欲しそうにレオンたちを眺め、「羨ましい……」なんてつぶやいている。

彼女もおなかが膨らんでいて、そろそろ学校へは通えなくなるだろう。

「レオンくん……二人目の赤ちゃんもほしいな……」

「気が早いですよ、寮長。でも、安心してください。寮長も、もちろんエステルも……一生、俺の性奴隷ですから」

寮長はぱっと顔を輝かせ「うん」とうなずく。

一方のエステルは「一生なんて嘘よっ！　わたしはこんな奴なんて、あっ、いやあああっ」と泣き叫ぶ。

「口では嫌がっても身体は正直だね」

「違う、これは……あああああっ」

エステルはびくんびくんと身体を震わせ、甘い悲鳴を上げる。

「どうされたいか言ってみてよ」

「も、もっと可愛がってください！　気持ちよすぎて、もう我慢できないの！　あっ、イクぅうっ」

エステルは絶叫し、レオンの慈悲を懇願する。

そこにはもう、完璧美少女で優等生、聖女とも呼ばれた女魔剣士の姿はなく……ただの性奴隷になっていた。

†

「……って感じになってたかもしれないんだよ、エステルちゃん」

「何の想像ですか!?」

「レオンくんがもっと鬼畜だったら、あたしたち、とっくの昔に妊娠させられちゃってるってこと！」

寮長はふふっと笑い、エステルは頬を真っ赤に染める。今、二人は学院の食堂でお茶をしていた。

もちろん、エステルはもちろん、寮長も妊娠はしていないし、今のところ処女だ。二人は意に反してレオンに襲われてなどいない。

エステルも寮長もレオンに手籠めにされ、妊娠して慰み者として監禁される……というのは完全に寮長の妄想だ。

卑猥な内容なのに、エステルはつい寮長の話にのめり込んでしまった。

想像して、エステルは自分の下半身が熱くなるのを感じた。はっとして、エステルはぶんぶんと首を横に振る。

「いえ、レオンはそんなことしないですし……」

「でも、ちょっぴりされたいと思ってる？」

「思ってません！」

何の話をしているんだろう……と周りの女子生徒たちが顔を赤くしながら聞き入っていた。

《IFストーリー　もしレオンが風呂場でもっと鬼畜だったら／了》

あとがき

はじめまして、軽井広です。はじめましてでない方は感謝感激雨あられです！　今後ともよろしくお願いいたします。簡単に自己紹介すると、もともと私は『小説家になろう』で小説を数年来、書いていまして、そのいくつかを書籍化やコミカライズしていただきました。他にも書き下ろしで漫画原作や小説を書いたり、カクヨムなど別の小説投稿サイトにも投稿したりしています。お読みいただければ……！　特に、クラスメイトの美少女がメイドになって同棲奉仕してくれる漫画原作作品『キミの理想のメイドになる！』は連載始まったばかりなので、ぜひ応援いただけると大変嬉しいです。

普段書いているジャンルは様々で、ラブコメ以外にも、追放系なろうファンタジー、女性向け異世界恋愛・令嬢もの……とあるのですが、今回の『落ちこぼれ魔剣士の調教無双』はノクターンノベルズに掲載していた、ちょっぴりエッチな作品です。女の子を調教すればするほど強くなる成り上がりファンタジー！

また、なんと同日に『異世界に転移したら、美少女皇女と結婚して皇帝になったので、のんびりハーレム生活を楽しみます』も発売！

せっかくなので、『美少女皇女』について少し宣伝していくと、本作もかなりエッチだったと思いますが、それと同じぐらいエッチです。皇女様、皇女様の妹・母、メイド姉妹、ロリっ娘……と盛りだくさん！そして子作り百％の展開！　ぜひぜひ合わせてご購入いただければ！

あと別のノクターンノベルズ掲載作品も他社様で商業化する予定があったりします。他にも書籍化やコミカライズできると良いですね……！

本作に素敵なイラストを描いていただいた、あびすぐる先生、誠にありがとうございました。私から編集部に「ぜひこの方に！」とご提案したので、お忙しいところ引き受けていただき大変嬉しく思います……！　エステルがむちむちで可愛いのはもちろん、特に姉のアリアのエッチな軍服デザインもお気に入りです！　挿絵もとてもエッチ！

また、『北欧美少女のクラスメイトが、婚約者になったらデレデレの甘々になってしまった件について』に引き続き、本作ご担当いただいた韓様、関野様には色々とお世話になり、ありがとうございました。ブレイブ文庫様からは三シリーズも本を出させていただいたので、感謝感激です。『北欧美少女のクラスメイト』『美少女皇女』、そして『落ちこぼれ魔剣士』含め引き続き何卒よろしくお願いします……！　デザイン、営業や流通、書店等さまざまな形で本作に関わっていただいた方々にも厚くお礼申し上げます。ありがとうございました。

読者の皆様にはお手にとっていただき本当にありがとうございます。もしよければＳＮＳ等で本作を布教したり、エッチさをつぶやいたりしていただければ大変嬉しいです。。購入報告のみでも大歓迎ですので……！　皆様の応援が力になります！

ちなみに本作はコミカライズも予定されていますので、よろしくです！

では、またどこかで☆

軽井広

落ちこぼれ魔剣士の調教無双 1
～クラスメイトの貴族令嬢たちを堕として、学院最強の英雄へと成り上がる～

2024年10月25日　初版発行

著　者　　軽井広

発行人　　山崎　篤

発行・発売　株式会社一二三書房
〒101-0003 東京都千代田区一ツ橋2-4-3
光文恒産ビル
03-3265-1881

印刷所　　中央精版印刷株式会社

■作品の感想、ファンレターをお待ちしております。

■本書の不良・交換については、メールにてご連絡ください。
株式会社一二三書房　カスタマー担当
メールアドレス：support@hifumi.co.jp

■古書店で本書を購入されている場合はお取替えできません。

■価格はカバーに表示されています。

■本書は小説投稿サイト「ノクターンノベルズ」（https://noc.syosetu.com/）に掲載された作品を加筆修正し書籍化したものです。

ISBN 978-4-8242-0315-1 C0193